KB074219

「난생처음 내 책」

내게도 편집자가 생겼습니다

난생처음
04

「난생처음 내 책」
내게도 편집자가 생겼습니다

1판 1쇄 발행 2021년 3월 5일
1판 2쇄 발행 2021년 3월 19일

지은이 이경
발행인 유성권

편집장 양선우
기획·책임편집 신혜진 편집 윤경선 백주영
해외저작권 정지현 홍보 최예름 정가량
마케팅 김선우 김민석 최성환 박혜민 김민지
제작 장재균 물류 김성훈 고창규

펴낸곳 ㈜이퍼블릭
출판등록 1970년 7월 28일, 제1-170호
주소 서울시 양천구 | 목동서로 211 범문빌딩 (07995)
대표전화 02-2653-5131 | 팩스 02-2653-2455
메일 tiramisu@epublic.co.kr
인스타그램 instagram.com/tiramisu_thebook
포스트 post.naver.com/tiramisu_thebook

「난생처음 내 책」

내게도
편집자가 생겼습니다

이경 지음

티라미수
THE BOOK

글만 본다는 편집자

어느덧 세 번째 책이다. 글을 쓰기 시작하고, 오랫동안 '작가'라는 단어에 파묻혀 지냈다. 작가란 무엇일까. 작가는 어떤 생각을 하고 어떤 글을 써야 할까. 첫 책을 내고서도 스스로 나는 작가입니다, 말하기가 왠지 쑥스럽고 부끄러웠다. 시간이 지나 책을 세 권 정도 내면, 그때는 비로소 나는 작가입니다, 글을 쓰는 사람입니다 할 수 있을까 싶었는데, 어느덧 그 세 번째 책을 내게 되었다.

　새로운 책을 내는 지금도 나는 예전과 크게 달라진 것은 없는 듯하다. 그다지 알려지지 않은, 그저 글쓰기를 좋아하는 사람. 두 번째와 세 번째 책은 비교적 수월

하게 냈지만, 작가 지망생으로서 첫 책을 내는 일은 결
코 쉽지 않았다. 이 책에는 작가 지망생이던 한 사람의
데뷔 과정과 그 전후의 이야기를 실었다.

평소 편집자들의 글을 많이 찾아본다. 한 편집자는
알려지지 않은 사람의 책을 낼 때는 몇 가지를 검토해
보고 그중 한 가지라도 충족을 해야만 출간을 고려할
수 있다고 했다. 트렌드에 맞는 글을 쓸 수 있는지. 해
당 분야의 전문가인지. 혹은 대중에 잘 알려진 인플루
언서인지.

나는 그 무엇에도 해당하지 않는 사람이 분명하다.
이 책은 글쓰기와 관련된 에세이지만, 트렌드세터도 전
문가도 인플루언서도 아닌 사람의 글을 엮은 것이다.
책의 담당 편집자와 첫 미팅 자리에서 이런 부분을 염
두에 두고는 말끝을 흐리며 물었다.

"편집자님, 대체 뭘 보고 제 원고를……."

그때 편집자는 조금은 단호한 표정으로 미소를 머금
으며 이렇게 말해주었다.

"저는 글만 봅니다."

이 말이 그렇게 박력 넘칠 수가 없었다. 당시에 다른

출판사와도 약속이 잡혀 있었는데, 글만 본다는 편집자의 발언에 그만, 다른 곳에는 양해를 구하고 우리는 한배에 올라타기로 했다. 글만 본다는 편집자라면 믿고 같이할 수 있을 거 같았으니까. 박력이 넘쳐흐르던 그 말에 의심의 여지가 사라져버렸으니까.

그러니 이 책은 글 말고는 내세울 것 없는, 오로지 글로써만 이야기할 수밖에 없었던 사람과 오로지 글만 본다는 편집자가 함께 만든 책이다.

조금 더 시간을 되돌려보면, 미팅 전부터 좋았는지도 모르겠다. 투고하고서 처음으로 받은 편집자의 답장을 떠올려본다. 편집자는 원고를 검토하고는 같이 책으로 내고 싶다며 마지막에 이렇게 얘기해주었다.

"점심은 맛있고 든든한 것으로 드시고요."

일이 바빠 심심찮게 점심을 굶곤 하던 시기였다. 그런 내게 맛있고 든든한 점심을 말한 편집자의 마음이 참 따뜻하게 다가왔다. 때로는 가벼운 인사말에도 속절없이 마음이 끌리는 법. 글의 힘이란 게 있다면, 이런 게 아닐까.

글의 힘을 믿는 사람들. 글 읽기를 좋아하고, 글쓰기

에 관심이 있는, 혹은 책을 한번 내볼까 하는 마음이 있
는 독자라면 누구라도 재밌게 읽어줄 수 있지 않을까
싶다. 부디 그렇게 읽히면 좋겠다. 편집자를 포함하여
책과 관련된 삶을 살아가는 분들이 봐주셔도 더할 나위
없겠다.

글쓰기는 용기와 좌절 사이를 끊임없이 오가는 일.
그래서인지 글을 쓰며 작고 초라해질 때마다 나의 가능
성을 이야기해주신 분들에겐 언제나 감사한 마음이다.
내게 처음으로 책을 한번 써보라고 하셨던 문현기
교수님과 군산의 배지영 작가님. 웹진 〈리드머〉의 강일
권 형과 같이 글 쓰던 필진분들. 먼저 다가와서 말 걸어
주신 강은혜 기자님. 책에 등장하는 한 출판사의 L 편
집장님. 그리고 가족들.
누구보다 앞서 내 이야기를 두 권의 책으로 만들어
주신, 작가 지망생을 구원해주었던 김화영 편집자님과
이 책을 담당하신 신혜진 편집자님에게 진심으로 감사
하다는 말씀을 전한다.

이 책이 세상에 나오고 전에 알지 못하던 독자들을

많이 만난다면, 나는 전과는 달리 부끄러움을 떨쳐내고 조금은 자연스럽게 말할 수 있을지도 모르겠다.

"저는, 아, 그러니까…… 글을 쓰는…… 작가……."

아, 역시 아직은 적응의 시간이 필요해 보인다. 이럴 때는 본문으로 빨리 넘어가주시면 좋겠다. 프롤로그보다는 본문이 더 재밌을 테니까. 작가 지망생이 난생처음 내 책을 만난 이야기. 그리고 글만 본다는 편집자가 만든 책.

본문 내용이 궁금해진다면, 이 프롤로그는 소임을 다한 것이겠습니다만.

2021년 2월 사무실에서, 이경

| 차례 |

1장

이렇게,
첫 책을
만났습니다

수정한 소설 원고를 출판사에 보내고 일주일이 지나 다시 답장을 받았을 때, 메일 안에는 '좋은 소식'과 '계약'이라는 단어가 있었다. 줄곧 0퍼센트였던 확률에 처음으로 0이 아닌 숫자가 붙는 순간이었다. 1.5퍼센트. 소설 투고 예순여섯 번 만에 받은 계약 제안 메일이었다.

인연의 시작,
1만 자의 메일

인터넷 서점 알라딘에서는 출판사 랭킹 정보를 제공한
다. 관계자가 아니라 자세히는 알 수 없으나, 출판사의
출간 종수와 판매 부수 등을 따져 알라딘 나름의 방식
으로 순위를 매기는 것일 테다. 꼭 순위가 높다고 해서
좋은 출판사는 아니겠지만, 나 같은 투고자 입장에서는
이런 랭킹 정보가 도움이 된다.

　알라딘 랭킹 정보에서 소설 분야 열 손가락 안에 드
는 출판사 중 여덟 곳에 메일을 보내놓고 하염없이 기
다리고 있었다. '무소식이 희소식'이라는 속담은 투고
자에겐 분명 거짓말이겠지. 복사하여 붙여넣기 한 게
틀림없어 보이는 내용이라도 투고자는 출판사의 답을

기다리기 마련이다. 하루하루 무소식과 반려 메일이 쌓여갈 때쯤 한 출판사 편집자에게서 메일이 왔다.

장문의 메일이었다. 나는 편집자가 보내온 메일의 글자 수를 헤아려보았다. 그날 그는 나에게 두 번의 메일을 보내주었는데 첫 메일은 2,600자, 다음 메일은 7,100자였다. 단 하루 동안 생면부지의 투고자에게 1만 자에 가까운 메일을 보내준 것이다.

글자 수를 헤아리면서, 1만 자를 타이핑했을 편집자의 시간과 마음을 헤아려보았다. 200자 원고지 50장에 달하는 분량. 메일 내용은 차치하더라도 그 정성이 보통이 아니다. 편집자가 보내온 메일을 읽어 내려가면서 내 마음은 자꾸만 몽글몽글해졌다.

나에게 조금 더 얘기해주었으면. 이 메일의 끝이 보이지 않았으면. 맛있는 걸 먹을 때 음식이 자꾸만 줄어들어 속상하다는 한 개그맨의 말처럼, 나는 편집자로부터 온 긴 메일이 끝을 향해갈수록 아쉬웠다. 이 아쉬움은 출판사의 피드백이 고픈 작가 지망생의 어쩔 수 없는 허기인 것이다.

이미 1년 동안 200여 출판사에 음악 에세이를 투고

하고 출간 계약을 맺지 못한 상태였다. 그 전에는 음악 웹진이나 커뮤니티에서 음악 관련 글을 쓰던 게 내 글쓰기의 8할이었다. 누군가 문득 던진 "책을 한번 써보는 게 어때?" 하는 말이 아니었더라면 책을 내고자 하는 생각은 평생 갖지 못했을 것이다. 마치 날씨 얘기를 하듯 던진 지인의 그 한마디 말에 나는 '작가 지망생'이 되어버렸다.

그렇게 음악 에세이 출간을 위해 글을 쓰고 다듬었다. 투고 과정에서 몇몇 출판사는 계약을 제안해주기도 했고 또 몇몇 출판사는 원고에 관심을 보이기도 했지만 결국 계약은 이루어지지 못했다. 때로는 상업적인 성공이 불분명하다는 출판사 측의 이유로, 때로는 편집자의 작업 방식이 맘에 들지 않아 내 쪽에서 이야기를 덮는 바람에.

출판 시장에서 큰 인기가 없다는 음악 소재의 한계와 내세울 것 없는 무명의 글쟁이라는 점이 출판사로 하여금 확신을 갖지 못하게 한 걸까. 이런저런 생각 끝에 이번에는 음악 에세이를 투고하고 실패했던 과정을 메타소설이라는 형식으로 풀어 새로운 원고를 쓰기 시작했고, 음악 에세이가 아닌 서간체의 장편소설을 투고

하기 시작했다.

　그리고 받게 된 1만 자의 메일. 결과는 반려였다. 지금의 원고로는 출간할 수 없다는 게 원고를 검토한 편집자의 뜻이었다. 다만 그는 내가 쓴 담담한 문체가 마음에 든다고 했다. 담담한 문체. 그래. 그렇게 썼고 그렇게 읽히길 바란 글이었다. 그저 담담하게. 또 무던하게.

　1만 자의 메일에서 내가 방점을 찍어 읽은 단어는 '그럼에도'다. 편집자는 최근 출판업의 불황과 투고 원고를 출간하는 일의 어려움을 말해주었다. 당장 자신이 일하는 출판사에서 내 원고를 채택하기는 어렵다고 했다. '그럼에도' 원고에 대한 애정 어린 마음을 표현하고 싶다고 했다. '그럼에도' 원고의 방향에 대한 아이디어를 공유하고 싶다고 했다.

　편집자는 내게 반려의 뜻을 전하면서, 계약할 수 있는 상황은 아니지만 원고를 보며 느낀 점을 들려주고 싶어 했다. 하지만 계약도 맺지 않은 원고에 대해 이야기하는 것은 글을 쓴 사람에게 예의가 아닐뿐더러, 수정 의견대로 원고를 고친다 한들 계약이 이루어지리란 보장도 없을 것이라고 했다. 나는 편집자의 그 조심스러움이 고마웠다.

편집자와 투고자의 관계가 아닌, 그저 원고를 재미있게 읽은 독자 입장에서의 의견이라도 들어보고 싶다면 자신의 생각을 보내주겠다는 편집자의 첫 번째 메일. 반려 메일에 익숙해질 대로 익숙해진 나로서는 거절할 이유가 없는 상황이었다. 편집자의 의견을 들어보고 싶다는 답장을 보냈고, 그렇게 편집자의 의견이 담긴 두 번째 메일을 받아 든 것이다.

그러니까 그가 보낸 장문의 두 메일에는 각각 원고를 반려한다는 내용과 원고에 대한 피드백이 담겨 있었다. 나는 그가 보내온 두 메일을 수없이 보았다. 아, 원고에서 이런 점이 아쉬웠구나. 아, 이 부분은 이렇게 고칠 수도 있겠구나.

글을 쓰고 출판사에 원고를 보내던 기간에 가장 재미있게 본 소설이라면 단연 제임스 미치너의 《소설》이다. 소설 제목 자체가 《소설》인 책에서 주인공 소설가 루카스 요더는 자신의 에이전트와 편집자를 가리켜 '구원의 천사들'이라고 부른다.

한낱 무명의 글쟁이인 나에게 에이전트가 있을 리

없다. 누구라도 작가 지망생인 나의 원고를 채택해주는 편집자가 있다면, 그리하여 내 원고를 다듬어줄 편집자가 생긴다면, 분명 그를 '구원의 천사'라고 부를 수 있겠지. 1만 자의 메일을 보내온 편집자가 내 구원의 천사가 될 수도 있지 않을까…….

그러니까. 정말. 어쩌면.

편집자는 내가 쓴 원고에서 마음에 닿았다던 몇몇 문장을 말해주기도 했다. 때로는 원고를 보며 마음에 밑줄을 긋게 되었다고도 해주었다. 마음에 밑줄 긋기. 편집자라는 사람들은 어쩜 평소에도 이런 표현을 쓰는 걸까. 편집자의 표현이 퍽이나 아름다워 메일을 읽으며 그 문장 위에서 한참을 머물기도 했다.

1만 자의 메일을 보내준 편집자가 한 작가 지망생의 구원의 천사가 되어줄 수 있을지, 혹은 기대감으로 잔뜩 부풀어 오른 마음을 다시금 반려라는 바늘로 터트려버릴지. 결과는 가늠할 수 없지만 편집자의 의견대로 원고를 고쳐나가기 시작했다. 그리고 대략 일주일간의 원고 수정 끝에 새로운 버전의 원고 파일을 저장했다. 파일 제목에는 출판사 이름과 그날의 날짜를 써넣었던가.

일본 작가 오쿠다 히데오는 《버라이어티》에 실린 한 배우와의 대담에서 "어둠을 향해 뭔가를 던지는 듯한 느낌이 있기 때문에 아무 반응도 없으면 역시 무섭습니다"라고 했다. 글을 쓰고 누군가에게 보여준다는 건 앞으로 어떤 일이 펼쳐질지 전혀 알 수 없는 막막한 일이므로.

나 역시 수정 원고를 편집자에게 다시 보내고서 그런 감정을 느꼈다. 어둠이다. 막연하고도 깊은 어둠이다. 어떤 일이 펼쳐질지 앞을 내다볼 수 없다. 처음 투고 원고를 읽고서는 조금이라도 느꼈을 편집자의 호감이 실망으로 변하면 어쩌나 싶어 수정 원고를 보내고서는 며칠을 초조하게 지냈다.

기대하지 않는 삶을 추구한다. 세상의 모든 '실망'은 '기대'에서 비롯된다는 것을 살다 보니 깨달았다. 커다란 희망을 품을수록 돌아오는 실망감이 배가 된다는 것을 잘 알면서도 나는 수정 원고를 보내고 일말의 희망을 품게 되었다. 지금 와서 생각해보면, 그건 오로지 편집자가 내게 보여준 정성의 시간 때문이었다. 1만 자에 가까운 그 메일에는 분명 편집자의 애정과 호감이 묻어 있었으니까. 출판사의 출간 방향과 맞지 않아 반려한다

는 흔한 답장이나, 묵묵부답으로 그칠 수도 있었던 편
집자는 그렇게 나에게 세상 다정한 모습으로 다가와주
었다. 마치 천사와 같은 모습으로.

editor S

아쉬운 점이 많아도 강력한 '그럼에도'가 하나라도 있다면 원고를 반려返戾하
기보다 원고의 반려伴侶가 되길 자청하는 그런 편집자도 있습니다. 그래서 때
로는 단점 보완보다 장점 강화가 더 좋은 전략이 되기도 하고요.

확률 속으로

확률　　일정한 조건 아래서 어떤 사건이나 사상이 일어날 가능성의 정
　　　　도. 또는 그런 수치. (네이버 사전)

초등학생 때 산수는 그럭저럭했다. 살면서 돈 계산은
할 줄 알아야 하니까. 밥값 내고 거스름돈 얼마 받아야
하는지는 알아야 하니까. 2학년 때 구구단을 못 외워
방과 후에도 교실에 남아 있긴 했지만 그래도 더하기,
빼기, 곱하기, 나누기는 할 줄 안다. 이걸 어려운 말로
사칙연산이라고 하던가.

　숫자를 가지고 공부하던 시간이 산수에서 수학으로
바뀌면서부터 '수포자'가 됐다. 정확히 말하자면 수학
책에 영어 스펠링이 보이는 순간, 수학에 영문이 웬 말

인가 하며 배신감을 느꼈다. 싸인, 코사인, 탄젠트 같은
단어가 등장하면서 내게 수학은 더 이상 숫자 놀음이
아닌 게 되어버렸다. 밥값 계산할 때 싸인, 코사인은 필
요 없을 것 같아 그 길로 두꺼운 《수학의 정석》은 그저
책상 위 베개로만 사용했다.

  그럼에도 수학에서 좋아하던 시간은 있다. 확률이
다. 100번 중에 한 번은 1퍼센트요, 1,000번 중에 한 번
은 0.1퍼센트요, 하는 시간만큼은 재미있었다. 어릴 때
부터 그랬다. 초등학생 시절 16비트 오락기로 야구나
축구 게임을 즐겨 했다. 지금의 야구 게임은 고해상도
그래픽으로 실제 팀과 선수가 등장하지만, 16비트 오락
기에는 가상의 팀과 열이면 열 모두 똑같은 모습을 한
선수들이 나왔다.

  나는 야구 게임을 하면서 똑같은 모습을 한 게임 속
캐릭터에 이름을 부여하고는 투수의 방어율과 타자의
타율을 구했다. 1번 타자가 3타수 1안타를 치면 종이
위에 1번 타자 3할 3푼 3리라고 적었고, 2번 타자가
4타수 1안타를 치면 2할 5푼이라고 적었다. 확률을 좋
아했던 건지 야구를 좋아했던 건지는 나조차도 알 수

없지만, 가능성의 숫자들을 적어나가는 게 좋았다.

그런 취미생활은 중학생이 되어서도 여전하여, 나는 어쩌면 야구장의 기록원이 될지도 모르겠다는 생각이 들었다. 스포트라이트를 받는 야구 선수도 아니고, 야구 기록원이라니. 그 꿈 참 소박하기도 하지. 시간이 흘러 야구 선수도 야구 기록원도 되지 못한 나는 여전히 확률 속으로 들어가 산다.

로또 1등의 확률은 800만분의 1이라던가. 가능성이 더럽게도 낮군.

담배를 태우면 폐암과 심장병에 걸릴 확률이 올라간다고? 젠장.

오늘은 비가 올 확률이 30퍼센트라니. 참 애매하기도 하다.

뭐, 이런 식의 소소한 일상 속 확률을 가늠해보는 것이다.

작가 지망생이 된 이후에는 출판사에 글을 보내고, 그 글이 책으로 나올 수 있는 확률에 빠져들었다. 내 돈 들여 책을 내는 자비출판이나 독립출판이 아닌 투고를 통한 기획출판의 확률을 여기저기에서 알아봤다. 누군가

는 1퍼센트라고 했고, 누군가는 0.1퍼센트라고 했다. 제
임스 미치너의 《소설》에서는 900건 중 하나. 0.11111퍼
센트를 얘기했다. 한 편집자는 인터뷰를 통해 편집자
인생 7년간 투고 원고로 책을 낸 경험이 단 한 번도 없
다고 했다.

　로또 1등만큼의 극악한 확률은 아니지만, 투고 원고가
책으로 나올 확률이 낮은 것은 분명해 보였다. 2018년
1월 처음 출판사에 원고를 보내면서 '원고 투고'라는
제목의 엑셀 파일을 만들었다. 그리고 그 파일에 순번
과 투고 날짜, 출판사명과 메일 계정, 답변의 여부, 답
변의 결과를 기록했다.

　투고하는 출판사의 숫자가 늘어날수록 내 원고의 출
간 확률은 점점 낮아졌다. 아니, 이룬 바가 없으니 그
확률은 처음부터 줄곧 0퍼센트였다는 말이 옳은지도
모르겠다. 누군가 말한 1퍼센트의 가능성을 믿고 100번
투고하면 이루어질까, 아님 또 다른 누군가의 말처럼
1,000번을 투고하면 이루어질까.

　지독히도 낮은 확률 속으로 들어가 바보처럼 매달렸
던 이유는 확률에 깃들어 있는 어떤 단어를 보았기 때
문이다. 나를 낮은 확률에 매달리게 했던 그 단어는 '가

능성'이다. '가능성'이라는 단어에는 이응 받침만 들어 있어 생김새가 부드럽고 매끄럽다. 내게 '가능성'은 어쩐지 옆에 붙어 따뜻하게 매만져주고 싶은 단어였다. '가능성'이라는 단어는 그렇게 나를 0퍼센트에 가까운 확률 속에서 빠져나올 수 없도록 만들었다.

　출판사에 투고를 하고 길다면 길고, 짧다면 짧은 시간을 보냈다. 다시 사전을 연다. 이번에는 확률이 아닌 '가능성'의 뜻을 알아본다. 가능성의 뜻은 '앞으로 실현될 수 있는 성질이나 정도'로 나와 있다. 이제 '실현'의 뜻을 알아본다. 실현의 뜻은 '꿈, 기대 따위를 실제로 이룸'이라고 나와 있다.

　'확률'과 '가능성'과 '실현'은 이처럼 붙어 지내고 있었구나. 이 단어들의 연결이 이제야 보인다. 이제는 보인다. 단어들의 연결에 눈이 밝아졌다가, 단어들의 말뜻에 눈이 흐려졌다.

　수정한 소설 원고를 출판사에 보내고 일주일이 지나 다시 답장을 받았을 때, 메일 안에는 '좋은 소식'과 '계약'이라는 단어가 있었다. 줄곧 0퍼센트였던 확률에 처음으로 0이 아닌 숫자가 붙는 순간이었다. 1.5퍼

센트. 소설 투고 예순여섯 번 만에 받은 계약 제안 메일
이었다.

editor S

시나 소설의 투고 채택 확률은 극악한 편이지만, 그 외 분야의 품은 조금 더 넓
은 편입니다. 쏘지 않는 한 화살은 영원히 화살통을 벗어나지 못할 뿐이니, 빗
맞더라도 계속 쐈으면 합니다. 확률 속 가능성이 빛을 볼 수 있도록.

신발과
출판사

규칙은 이러하다. 주말에 아웃렛 등을 돌아다니다가 예쁘고 싼 신발이 보이면 일단 사놓는다. 당장에 신지는 않더라도 카드를 긁고 보는 것이다. 신발에도 출시 기간이라는 것이 있어서 눈에 띄게 예쁜 신발이 언제 단종될지도 모르고, 할인 폭이 클 때 사놓는 게 여러모로 득이 되기 때문이다.

어릴 때는 새 신발이 좋았다. 발은 불편하더라도 때 묻지 않은 깨끗함과 발목을 감싸주는 그 짱짱함이 좋았다. 나이 들어서는 헌 신발이 좋다. 아무렇게나 발을 욱여넣어도 착 달라붙는 편안함이 좋아졌다. 나는 패션

피플과는 거리가 먼 사람. 단 한 켤레의 신발만을 신고 다닌다.

한 켤레만 주로 신다 보니 오래 쓰지는 못한다. 단화의 생명력은 길면 1년 짧으면 석 달이다. 군대 훈련소 시절 야간행군 때 장교의 "너 이 새끼, 발 끌지 마" 하는 소리가 없었더라면, 내 걸음걸이의 문제를 눈치조차 못 채고 살았을지도 모르겠다. 몹쓸 걸음걸이로 밑창이 망가지고 빗물이 새어 들어올 정도가 되면 그제야 신고 다니던 신발을 버리고, 미리 사다놓은 새 신발을 신는다.

투고를 시작한 지 얼마 안 돼 어느 출판사와 미팅할 기회가 있었다. 출간 계약을 제안받은 것이다. 신고 다니던 신발의 밑창은 닳았고, 가끔은 빗물이 들어오기도 했다. 아내는 출판사와 미팅하려면 신발이라도 깨끗하게 신고 나가라고 했다. 그렇게 어느 해 여름날엔 아내와 아웃렛을 돌아다니다가 새 신발을 사곤 했다. 출판사와 미팅을 할 때 꺼내 신으려고.

그때 새로 산 신발은 오로지 신발 본연의 기능만을 한 채 역시 1년을 버티지 못하고 버려졌다. 계약을 제안했던 출판사가 계약서 초안까지 보내주었다가, 도저히 손익분기점을 넘길 자신이 없다며 물러선 것이다. 아내가 사준 새 신발의 목적도 사라져버린 셈.

신발 하나 사는 데도 출판사와의 미팅을 생각했으니, 내 발목을 붙잡고 나를 끌고 다녔던 것은 신발이 아니라, '글'이었는지도 모르겠다.

1만 자의 메일을 보내준 편집자는 진짜 '계약' 미팅을 위해 출판사 주소를 보내주었다. 광화문역에서 버스를 타면 평창동에 있는 출판사 앞에 내릴 수 있다고 했다. 광화문 교보문고 앞에서 녹색 버스를 타자 버스는 부암동 고개를 넘어 평창동으로 나를 데려다주었다.

출판사는 나선형 계단이 있는 건물의 2층에 있었다. 건물 입구 오른쪽에 신발장과 실내화가 눈에 들어왔지만 실내화 주인이 따로 정해져 있을지도 모르는 일이라, 신발을 신은 채로 주춤주춤 나선형 계단을 올라갔다. 조금은 소심하고, 또 어리바리한 모습으로. 분명 출판사는 2층이라고 했는데, 2층 현관문 앞에는 초인종이나 어떠한 현판도 붙어 있지 않아서 실제 출판사가 맞는지 의문이 들었다.

어릴 때는 아무 집 초인종이나 누르고 도망도 잘 쳤

는데, 현판 없는 출입문을 당기기가 겁이 났다. 이럴 때
가장 좋은 방법은 역시 노크겠지. 몇 번의 노크를 했지
만 답이 없었다. 아, 혹시 여기가 아닌가. 왜 인기척이
없는 거지. 나는 도로 1층으로 내려올 수밖에 없었다.
한여름 날씨에 얇은 상의는 땀으로 얼룩져 있었다. 건
물 1층에는 작은 갤러리가 있었는데 마침 그 안에 직원
으로 보이는 사람이 있어서 물어보았다.

"혹시 여기 2층이 ○○ 출판사 맞나요?"

출판사가 맞다는 대답. 번지수는 잘 찾아왔다. 다시
2층으로 올라가서 노크를 하니 이번에는 머리가 하얀
중년 여성이 문을 열어주었다. 출판사의 회계부장이라
고 했다.

"안녕하세요. 저…… 오늘 저자 계약 건으로 왔는데요."

태어나 처음 본 출판사의 내부는 깔끔했다. 파티션
으로 구분된 몇 개의 책상과 또 몇 개의 방이 보였다.
한쪽 서재에는 출판사에서 출간한 책들이 진열되어 있
었다. 그리고 담당 편집자로 보이는 분이 안쪽 방에서
걸어 나왔다. 간단하게 인사를 나눈 후, 편집자는 실내
화를 신어야 한다며, 자신이 실내화를 가져다주겠다고
말했다. 나는 그러지 말라고, 내가 직접 가서 신고 오겠

다고 말하곤, 다시 1층으로 내려갔다. 내 삶은 왜 이다지도 시트콤 같은 걸까.

나선형 계단을 다시 왕복하고서야 우리는 테이블에 앉아 계약서를 놓고 이야기를 나누었다. 땀에 절은 내 모습이 조금 처량해 보였을까. 편집자는 얼음이 담긴 물을 건네주었다. 이미 프린트된 계약서에 인세와 증정 부수, 저자 인적 사항 등을 수기로 적고서는 도장을 찍었다. 도장을 눌러 찍는 손이 덜덜 떨렸다. 담당 편집자는 나에게 계약과 관련된 여러 이야기를 들려주었지만, 사실 귀에 잘 들어오질 않았다. 신인 저자로서 생각할 수 있는 최상의 계약 조건이었기에, 나는 별다른 질문 없이 계약서를 작성했다.

담당 편집자는 적을 두고 있는 출판사에서 공저로 소설을 쓰기도 한 사람이었다. 책을 만들고 파는 출판사의 일상을 다룬 소설에서 편집자의 시선으로 소설의 한 부분에 참여한 것이다. 투고하는 입장에서 관심이 가는 소재였기에 이미 초판을 여러 번 읽은 상태였는데, 마침 그 소설의 개정판이 나온 지 얼마 안 되었다며 편집자는 내게 새 책을 한 권 건넸다.

"아, 저 이 책 읽었는데, 그래도 개정판이니까 받을 게요. 그리고 혹시 몰라서 초판을 가지고 왔는데요"라 며 가방에서 책을 꺼내 편집자에게 내밀자, 그는 내 의 도를 눈치챈 듯 웃으며 손사래를 쳤다.

"사인이요? 아니에요, 아니에요. 나중에 제 이름으 로 혼자 책을 내면 그때는 몰라도⋯⋯."

저자 계약을 하러 가서는 담당 편집자에게 사인을 요구하는 모습이 조금은 재밌어 보였을지도 모르겠다. 나는 실내화를 가져다주겠다는 편집자의 호의를 거절 하고, 편집자는 책에 사인을 받길 원한 내 부탁을 사양 했다. 서로가 그렇게 예의를 갖추면서, 조금은 조심스 럽게, 또 약간은 정신없이 계약 미팅을 마쳤다.

계약서가 담긴 서류 봉투는 옅은 보랏빛이다. 보기 만 해도 닳아 없어지는 게 있다면, 이 보랏빛의 서류 봉 투와 계약서는 이미 우주에서 소멸해버렸겠지. 다시 일 상으로 돌아가는 버스를 타고서 한참이나 계약서가 담 긴 서류 봉투를 끌어안고 보았다. 마치 놓아버리면 큰 일이라도 날 것처럼 손에 쥐고서는.

버스 바깥의 풍경은 여느 날과 다름없었다. 7월의 햇 살은 뜨거웠고 나는 더웠다. 이어폰에서는 언젠가 당신

의 이야기가 전해질 거라고 노래하는 제임스 블런트의
⟨One Of The Brightest Stars⟩가 흘러나왔다. 날씨가 더워
서였을까. 버스 안에서 눈시울이 조금 붉어졌다.

많은 장면이 꿈처럼 느껴지는 그날, 선명하게 기억
나는 것 하나가 있다. 신발이다. 광화문에서 부암동, 평
창동으로. 또 나선형 계단을 세 번이나 오르내리던 그
날 나는 분명 새 신발을 신고 있었다.

editor S

좋은 신발이 좋은 곳으로 데려다준다는 말이 정말인가 봅니다. 계약을 하고
싶다면, 필기구가 아니라 좋은 신발을……?!

같은 풍경을
보고 싶어서

출판사 계약 미팅을 하기 몇 주 전에 책을 하나 사서 봤
다. 도보로 구경할 수 있는 서울 곳곳을 안내하는 나름
의 반나절 여행 책이었다. 오랜 시간 서울에서 살았지
만, 가보지 못한 동네가 많았다. 아이들이 아직 어려서
오래도록 걸으면서 구경할 순 없지만, 기회가 닿는다면
책에 소개된 장소들을 가보고 싶었다.

　책에는 청운동, 부암동의 여러 명소나 전시관도 나
와 있었다. 윤동주문학관이나 서울미술관, 석파정이 그
러했다. 출판사와 계약 미팅을 하던 날 버스는 광화문
에서 출발하여 청운동, 부암동을 지나 평창동에 이르렀
다. 전에 보지 못했던, 여행 책에서만 봤던 많은 명소들

을 지나쳐갔다.

　글을 쓰거나 책을 준비하는 이들 중엔 원고를 주변 사람에게 보여주는 경우도 많다던데, 나는 그게 어쩐지 좀 싫었다. 뭔가 완성된 상태로 보여주고 싶다는 생각도 있었고, 누군가에게 글을 보여주는 일은 역시 좀 부끄럽기 때문이다.

　이런 부끄러움은 가장 가까이 지내는 아내에게도 마찬가지다. 아내에게는 출간 계약을 한 원고의 주제나 소재는커녕 계약 사실까지 한동안 얘기하질 못했다. 계약을 하고, 선인세를 받고서도 나는 이 사실을 꼭꼭 숨겨두었다. 혼자만 아는 비밀이라는 듯 주변 누구에게도 책이 나올 거란 말을 하지 않았다.

　달리 보면 작가 지망생의 불안이기도 했다. 출판사와 계약하고도 출간 과정에서 일이 틀어졌다는 이야기를 종종 들었기에, 나에게도 그런 불행한 일이 닥칠지도 모르겠다는 생각이 들었다. 출간 계약을 맺고 가장 무섭게 느낀 단어라면 '설레발'이다.

　계약했다는 말을 바로 하진 않았어도, 내가 보았던

풍경을 아내와 아이들하고 같이 보고 싶었다. 출판사로 향하던 버스 안에서 청운동과 부암동 고개를 지나며 보았던 많은 명소 중에 특히나 서울미술관 안에 있다는 석파정의 모습이 궁금했다.

조선시대 영의정을 지낸 김흥근의 소유였다가 훗날 흥선대원군의 소유로 바뀌었다는 석파정에는 서양식 건축기법이 더해진 독특한 누정(누각과 정자의 줄인 말)이 있다는데, 서울미술관을 통해 들어갈 수 있다고 했다.

출판사와 계약을 하고 처음 맞이한 주말, 아내에게 다짜고짜 석파정에 가자고 했다. 보통 주말 계획은 내가 잡는 편이고 아내는 군소리 없이 따라준다. 그렇게 출간 계약을 맺은 주말에 가족과 함께 서울미술관과 석파정에 들렀다.

석파정으로 올라가기 전 서울미술관을 먼저 구경했다. 서울미술관에는 '안 봐도 사는 데 지장 없는 전시'라는 재미난 이름의 기획으로 작품들이 걸려 있었다. 조명을 이용한 설치미술이 있는가 하면, 막 떠오르는 젊은 작가들의 작품도 전시되어 있었다. 미술관 안쪽으로는 운보 김기창이나 천경자 작가의 그림도 있었다. 석파정으로 올라가는 길에는 교과서에서 봐왔던 이중

섭의 그림도 걸려 있었다.

　서울미술관을 구경하고 석파정으로 들어서자 온통 초록의 빛깔이었다. 넓은 잔디 위로는 빨강과 파랑의 큰 원형 조형물이 있었고, 사람이 지나는 길에는 넓은 돌계단이 놓여 있었다. 한국적인 돌담길 앞에 서양식의 빨간 벤치가 있어서 그 모습이 이색적이었다. 풍경은 아름다웠지만 날이 무척이나 더웠다. 결국 석파정까지 갔지만, 독특하다는 누정까지는 보질 못하고 나왔다.

　우리는 서울미술관 지하에 자리한 커피숍에서 시원한 커피를 한잔 마시고는 화교로 보이는 사람이 운영하는 만둣집에 들렀다. 가게 주인인 듯한 여성이 만두를 빚고 그녀의 딸인 듯한 어린아이가 엄마를 도왔다. 점심시간을 막 지나 가게에 사람은 많지 않았고 그 때문인지 간간이 파리가 귀찮게 날아다니기도 했다.

　서울미술관과 석파정을 구경하고 차가운 커피와 따뜻한 만두를 몇 접시 먹은 그 시간까지도 아내는 단 한 번도 왜 갑자기 이곳에 왔느냐고 묻지 않았다. 아내가 혹시라도 그렇게 물었다면 나도 모르게 불쑥 대답했을지도 모르겠다. 사실은 바로 며칠 전 버스를 타고 지나던 동네였노라고.

비록 출간 계약을 맺었다고 말하진 못했지만 그날의 내 기분을 석파정을 통해서라도 은근히 알려주고 싶었다. 이곳이 출판사로 향하던 버스 안에서 내 두 눈 가득히 담긴 곳이었다고, 나 혼자 보기엔 아까울 정도로 아름다운 풍경이었다고.

다자이 오사무는 "작가는 예외 없이 작은 악마 한 마리씩을 가지고 있습니다. 새삼스레 착한 사람인 척해봤자 소용이 없습니다"라고 쓴 적이 있다. 그건 분명 글 쓰는 사람의 예민함을 얘기하는 거겠지. 알 수 없는 결과를 붙들고 백지 위에 글을 써 내려가는 사람들이 가진 고약하고 때로는 끔찍한 예민함.

나 역시 가족들에게 이런 예민함을 휘두를 때가 있다. 글을 쓰고, 출판사에 글을 보내고, 아주 가끔 웃으며 자주 울어야만 하는 작가 지망생의 예민함을 생각하면 차라리 글을 쓰지 않았더라면 하는 생각을 제법 자주 마주하게 된다.

그동안 가족들에게 많이도 예민한 모습을 보였지만, 진심은 그게 아니라고 말하고 싶었다. 예민함 뒤로는 내가 보았던 아름다운 풍경을 가족들과 같이 보고 즐기고 싶은 마음이 가득했다고 말하고 싶었다.

　나는 어쩌면 아내가 물어봐주길 바란 것인지도 모르겠다. 설레발이 무서워 자랑하진 못했지만, 조금은 축하를 받고 싶었던 것 같다. 그동안 힘들게 글을 쓰고 출판사에 보냈던 일이 헛된 일만은 아니었다는, 그런 위로와 응원도 더불어서.

editor S

좀 쑥스러운 일이긴 하지만, 원고를 읽고 이런저런 이야기를 해줄 사람이 있으면 글쓰기에 큰 도움이 됩니다. '믿을 만한 첫 독자'를 만들어보세요. 글쓴이가 놓치고 있던 의외의 부분을 발견해주기도 하고, 지치지 않고 계속 쓸 수 있게 독려도 해줄 겁니다.

교정지를 보는 일

출판사와 7월에 계약을 맺었지만 출간 작업이 바로 진행되지는 않았다. 책을 준비하면서 전에 보지 않았던 글쓰기나 책 쓰기 관련 책을 많이 찾아보았는데, 한 출판 편집자가 쓴 책에서는 보통의 출판사라면 1년간의 출간 계획이 다 짜여 있어서 계약을 한다고 해서 바로 출간 작업이 되지는 않을 거라고 했다. 만에 하나 투고 원고가 바로 출간 작업이 이루어진다면 그건 출판사에서 진행 예정이던 원고가 펑크가 났을 때라고 했다.

그 내용 그대로였다. 다행(?)스럽게 출판사에는 펑크 난 원고가 없는 듯했고, 내 원고는 투고로 불쑥 끼어든 셈이었다. 결국 계약 이후 차일피일 일정이 조금씩 밀리기 시작했다. 글을 쓰고 출간을 준비하는 과정은 한없는 기다림의 연속이다. 이 기간 동안에도 나는 마음속으로 구원의 천사라고 부르기 시작한 담당 편집자와 꾸준히 메일을 주고받았다.

때로는 소소한 일상의 이야기를 나누기도 했고, 때로는 편집 일정을 물어보기도 했다. 출간 작업을 기다리며 마냥 넋 놓고 있을 수만은 없어서 앞으로 내가 해야 할 일을 찾아보기도 했다. 그러다가 김서령 작가가 한 일간지에 쓴 〈교정지〉라는 글을 읽었다.

김서령 작가는 교정을 본다는 건 원고와 작별 인사를 나누는 과정이라고 했다. 그래서 미련 많은 여자처럼 자꾸 뒤돌아본다고도 썼다. 원고 상태에서 책으로 모습을 바꾼다면 다시 주워 담을 수 없기에, 후회 없이 원고와 이별하겠노라고. 원고 상태였던 글이 출간이 되면 누군가의 훈훈한 집에서 새 생을 살게 될 것이라고.

그 글을 읽으면서 왠지 마음이 따뜻해졌다. 출간을 목표로 글을 쓰기 전에는 사실 교정지라는 단어가 무엇을 뜻하는지도 몰랐다. 김서령 작가든 누구든 원고 교정을 보는 모습을 상상했더니 정말로 원고와 작별 인사를 나누는 듯한 장면이 그려져 글을 읽고 나서는 잠시간 서글퍼지기도 했다.

작별 인사라. 그럴지도 모르겠다. 오로지 나만의 이
야기였던 글은 몇 차례의 교정을 거쳐 책이 될 것이고,
그러면 나만의 이야기였던 원고는 불특정한 누군가의
이야기로 가슴속에 자리 잡을 수도 있겠지. 글을 쓰고
출판사에 보내면서 받은 많은 반려 메일들이 떠올랐다.
고운 정과 미운 정이 뒤섞인 원고였다. 온갖 정이 든 원
고를 나는 독자들이 조금 더 쉽고 재밌게 읽을 수 있도
록 편집자와 함께 교정을 해나가야지.

7월에 계약을 맺은 원고는 9월 말이 되어 PC교정 작
업에 들어갔다. 담당 편집자는 맞춤법과 띄어쓰기 규범
에 따라 원고를 교정한 후 표현이 어색한 부분이나 수
정했으면 하는 내용을 원고에 버무려 보내주었다. 때로
는 원고에 밑줄을 긋기도 했고, 때로는 괄호를 열어 까
만색으로 내용을 적거나, 파란색 글씨를 적어주었다.
편집자마다 작업 방식은 다르겠지만 나는 교정 파일에
빨간색이 없는 것을 보고는 편집자에게 고마운 마음이
들기도 했다.

원고지 770매 분량이던 파일은 PC교정을 거쳐 원고

지 850매가 되어 돌아왔다. 파일을 열어보았더니 원고의 판형도 달라져 있었다. A4 규격이었던 원고 파일은 신국판(148×225mm) 사이즈로 변해 있었는데, 그러니까 아주 조금은 책에 가까운 사이즈로 온 것이다. 대충 이 정도의 규격으로 책이 되는 걸까. 판형이 달라지니 원고의 느낌도 사뭇 달라 보였다. 글이라는 건 정말 독특하지. 어떤 판형인지에 따라 느낌이 다르고, 모니터를 통해 보는 것과 종이에 출력해서 보는 것도 그 느낌이 다르니까.

달라진 판형에 조금 어색해하다가 편집자가 적어준 내용을 토대로 글을 고쳐나가기 시작했다. 글을 수정하는 데는 그리 오래 걸리지 않았다. 원고를 보면서 아, 이 부분은 조금 이상한 것 같은데…… 싫었던 내용을 편집자가 지적해주었을 때는 반가운 마음도 들었다.

소설이나 시, 수필 같은 문학 원고와 실용서의 원고를 교정하는 일은 꽤 다르다고 한다. 문학 장르 원고에는 저자의 의도가 숨겨져 있을 수 있기 때문에 편집자가 조금은 조심스럽게 원고를 봐준다고도 했다. 나는 출간 계약을 맺기 전에 내 원고를 자기 스타일대로 윤문, 윤색했던 한 편집자를 떠올렸다. 그는 나에게 파란색도, 검은색도 아닌 그저 자기 스타일대로 글을 고쳐 보내주었다. 내게는 그 어떠한 수정 의견도 주어지지 않은 파일이었다.

불행히도 편집자가 수정해서 보내준 글은 내가 쓴 글 같지 않았다. 내가 쓰지 않은 듯한 글이 책으로 나와봐야 내겐 아무런 의미도 없을 것만 같았기에 그 출판사의 계약 제안을 오래 망설이지 않고 마다할 수 있었다. 그때 출간 계약을 맺었다면, 조금은 더 빨리 지망생 딱지를 떼고 데뷔작을 낼 수 있었을까. 그렇다 하더라도 후회는 없다. 글을 쓰는 일은 뭐라고 딱 부러지게 정의 내릴 수 없는 어떠한 의미를 찾아나가는 일이다. 나에게는 그랬다.

다행히 계약을 맺은 출판사의 담당 편집자는 텍스트로만 존재하는 파일 안에서도 나를 많이 배려해주었다. 나는 편집자가 그러했듯이 때로는 밑줄을 긋고, 때로는 파란색으로, 또 때로는 붉은색을 써서 교정 확인 파일을 보내주었다. 한차례 PC교정을 본 이후로는 또 한 번 한글 파일을 주고받았다. 이때는 실제 책 사이즈에 조금 더 가까워진 형태였다.

이후 2교와 3교를 볼 때는 본문 레이아웃이 잡힌 PDF 파일을 받았다. 여전히 종이 교정지를 주고받는 출판사도 있다지만, 요즘에는 저자와 출판사가 PDF 파일을 주고받는 게 흔한 일이 되었다고 한다. 나는 내지 디자인이 잡힌 교정 파일을 보면서 조금씩 출간이 가까워지는 것을 느꼈다.

한편으로는 김서령 작가가 말한, 원고와의 이별이 다시 떠오르기도 했다. 나만의 글이었던 원고가 점점 나에게서 멀어지는 것만 같았다. 시원섭섭하다는 표현은 이럴 때 쓰는 말일까. 분명 그랬다. 교정을 볼수록 시원섭섭한 감정이 들었다. 아, 이제는 출간할 때가 다 됐다는 시원함과 함께, 내게서 멀어지는 듯한 원고를 보며 서글픈 마음이 들었다.

저자로서 교정지를 보는 일은 이렇게나 다양한 감정을 불러일으켰다.

(editor S)

교정은 보통 한글 파일로 한 번, 디자인해서 앉혀진 종이 형태로 세 번(+알파)
을 봅니다. 교정지를 떠나보낼 때, 비로소 책에 가까워질 때, 편집자는 후련하
기도 하지만 사실 좀 불안하고 무섭습니다. 아무리 책을 많이 만들어도 그건
안 변하는 것 같아요.

이 제목에
눈길이 머물 수 있기를

사람들이 책을 고르는 기준은 무엇일까. 누군가는 타인의 서평을 참고할 것이고 또 TV 등 미디어의 추천으로 책을 사 보기도 하겠지만, 보통은 제목과 표지를 보고 책을 집어 들 것이다. 나 역시 보통의 사람들과 다르지 않다. 서점에 깔린 그 수많은 책 중에서 아무래도 제목과 표지에 끌려야 손을 뻗어 펼쳐 보게 되니까.

책 제목은 일반적으로 출판사에서 정한다고 들었다. 때로는 저자의 고집이 너무 세서 출판사와 마찰을 빚기도 하고, 타협점을 찾지 못해 몇 달간 출간을 미뤘다는 이야기도 들었다. 원고 쓰기보다 제목을 정하는 일이 더 어렵다는 작가들의 호소도 여러 차례 보았다.

출판사 편집자와 원고 교정을 보면서 서서히 책 제목을 정해야 할 시점이 다가왔다. 편집자는 출판사 식구들과 제목 회의를 해보고 그 결과를 알려주겠다고 했다. 여러 사람이 모여 내가 쓴 글을 읽고서, 독자들에게 어필할 수 있는 제목을 정하는 일. 흔히 브레인스토밍이라고 하나. 출판사의 고급인력들이 내가 쓴 글을 위해서 머리를 써준다고 하니, 고마운 마음이 들었다.

출판사에 글을 보낼 때는 출간기획서를 쓰고, 기획서 첫 줄에 원고의 제목을 적는다. 그리고 제목 옆에 괄호를 쳐서 '가제'라고 적어둔다. 임시로 붙인 제목이라는 뜻이다. 출판사에서 원고를 채택하더라도 제목은 얼마든지 바뀔 수 있으니까, 투고할 때도 마음속으로 제목을 확정 짓지는 않았다.

그럼에도 내가 정한 원고의 가제 그대로 책이 나오면 좋기는 하겠다는 생각이 들었다. 글을 쓰고 다듬고 출판사에 보내면서 수십 번도 넘게 봤으니, 나만큼 내 글을 잘 아는 사람은 드물 것이고, 그렇다면 내가 정한 제목이 가장 어울리지 않을까 하는 생각에서였다.

출판사에서는 몇 번의 제목 회의를 했고, 그때 나온 몇 가지 제목 안을 공유해줬지만, 내가 정한 가제보다 어울리는 제목은 찾지 못했다고 했다. 결국 책의 최종 제목은 내가 출판사에 투고했을 때 붙인 가제 그대로 결정되었다. 출판사의 결정에 무언가 인정받는 기분이 들었다. 책의 제목은 글 전체를 관통해야만 할 터이니, 내가 쓴 글을 스스로 많이 읽고 고심했구나, 허투루 글을 쓰고 생각하진 않았구나 싶어서 조금은 으쓱해지기도 했던 것이다.

한 출판사 대표는 나에게 "책 제목은 무조건 섹시해야 합니다"라고 말한 적이 있다. 그 말을 들었을 때 책과 섹시라는 단어는 조금 이질적이지 않나 생각했는데, 독자의 호기심을 불러일으켜야 한다는 점에서 아주 틀린 말은 아닌 것 같다.

책 제목 못지않게 저자명도 고민스러웠다. 본명이 중성적이기는커녕 여성이 많이 쓰는 이름이라는 점에서 고민이 들었다. 구병모 작가처럼 본래의 성별과 다르게 느껴지는 필명도 있지만, 나는 본명이 너무 여성처럼 보여서 걱정이었다. 실제로 SNS 친구 중에는 몇 달간 나를 여성으로 알고서 글을 읽어주신 분도 적지 않다. 본명으로 책을 내야 할까, 필명을 써야 할까. 이 고민은 의외로 쉽게 풀렸다.

계약 미팅을 마치고 담당 편집자와 인사하던 때였다. 편집자는 1층까지 내려와서 나를 배웅해주었다. 실내화에서 운동화로 갈아 신으면서 가벼운 마음으로 질문을 던졌다.

"편집자님, 책을 본명으로 낼지, 필명으로 낼지는 추후에 정하면 될까요?"

"네. 급한 건 아니라서 천천히 정하셔도 돼요. 근데 저라면 자연인과 작가의 정체성을 구분하고 싶을 것 같긴 해요."

나는 이미 담당 편집자를 구원의 천사로 정한 사람. 천사의 한마디 말도 쉽게 넘길 순 없는 법이다. 자연인과 작가의 정체성을 구분한다는 그의 표현이 어쩐지 멋있게 들렸다. 결국 본명에서 마지막 음절을 탈락시킨 필명으로 책을 내기로 했다. 필명, 이경. 여성적이던 이름이 조금은 중성적으로 변했다.

정미경의 유작 소설 《가수는 입을 다무네》에 등장하는 주인공 이름이기도 하고, 박완서 작가의 《나목》이나 최은영 작가의 소설집 《내게 무해한 사람》에 등장하는 이름이기도 하다. 작가들이 사랑한 이름이었을까. 무엇보다 평소 아내가 나를 부를 때 가끔 쓰는 이름이기도 했다. 이경, 이경 하고 불러줄 때 아내의 기분은 왠지 흥겨워 보인다. 그렇게 불리는 내 기분도 나쁘지 않다.

아내만 부르던 이름을 앞으로 다른 사람들도 부르게 된다니, 어쩌면 아내 입장에서는 자기만의 무언가를 빼앗긴 기분이 들지도 모른다. 그런 박탈감을 조금은 줄여주고 싶었다. 첫 책을 준비하면서 표지 날개에 들어갈 저자 소개 글을 써야 했고, 그 마지막에 나는 이렇게 적어두었다.

필명 '이경'은 아내가 불러주는 이름이다.

editor S

'출판은 제목 장사'라는 말이 있을 정도로 제목은 무척 중요하지요. 내용이 제목과 너무 이질적이지 않다는 전제하에서 '제목이 다 했다'는 말, 편집자로서 무척 듣고 싶습니다.

불안을
견디며 쓰는
사람들에게

한동안 불안 속에 살았습니다.

글을 쓰고 책을 꿈꾸던 시간이 그랬습니다. 글을 쓰는 누구라도 그럴 거예요. 혼자만의 글이 아닌, 타인에게 읽힐 수 있는 글인지 확신이 서지 않아 불안한 거죠. 나 같은 사람이 글을 써도 될까. 나 같은 사람이 출간의 꿈을 갖고 살아도 좋을까. 그렇게 글을 쓰는 내내 불안해했습니다.

글을 보낼 때 또한 불안했습니다. 누군가에게 내 글을 보여준다는 일이 그렇죠. 반응이 없으면 어쩌나. 반응이 있더라도 그게 악평으로 가득해서, 감당이 안 될 정도로 마음에 큰 생채기를 남기면 어쩌나. 글을 써서 세상에 보내지 않았더라면 아니, 아예 글을 쓰지 않았더라면 생기지 않았을 걱정을 사서 한 셈입니다.

'출판의 신'이란 게 있을까요. 불안한 마음을 껴안고라도 꾸준히 투고를 하다 보니 이런저런 기회가 생기긴 했습니다. 출판의 신이란 게 있다면, 보통은 뒤돌아서서 눈길 한번 주지 않지만, 아주 가끔은 저를 향해 윙크를 날려주기도 합니다. 저는 가끔 웃고, 많이 울었습니다.

지난 여름날엔 한 출판사와 미팅을 했어요. 언덕길 골목에 위치한 예쁜 출판사였습니다. 미팅은 자연스레 계약까지 이루어졌어요. 계약서에 도장을 찍고 나면 불안한 마음이 좀 가시지 않을까 생각했지만 또 그렇지는 않더군요. 담당 편집자와 미팅을 하고 계약을 맺고 선인세를 받고도 마음은 불안했습니다. 혹시 출판사 대표가 원고를 보고서는 계약을 취소하진 않을까. 혹시 출판사 마케터가 도무지 팔 용기가 생기지 않는다며 계약을 무르자고 하지는 않을까. 일어나지 않은 일을 걱정하며 살았습니다.

교정지를 받아 들기까지 그 기다림의 시간이 불안했습니다. 이 불안한 마음을 담당 편집자에게 털어놓은 적이 있어요. 정말 제 원고가 책으로 나올 수 있는지 물었습니다. 그때 편집자님은 저에게 이렇게 얘기해주었어요.

"작가님. 계약을 맺었다는 것은 출판사 입장에서 이 원고를 세상에 내보이고 싶다고 결정한 것이고, 그것이 곧 담당 편집자와 출판사가 갖고 있는 그 원고와 작가에 대한 애정 어린 마음에 대한 답이라고 생각합니다. 그러니 너무 작은 마음으로 하나하나 신경 쓰진 않으셔도 좋을 것 같아요."

담당 편집자님은 어린아이를 다루듯 저의 불안한 마음을 달래주었습니다.

'작은 마음.'

저는 언제쯤이나 이 작은 마음을 떨쳐낼 수 있을까요.

교정지를 기다리면서는 또 다른 불안이 찾아옵니다. 작업이 늦어지면서, 혹시라도 내가 쓴 원고와 비슷한 주제의 책이 하루라도 세상에 먼저 나오면 어쩌나 싶었습니다. 같은 제목의 책이 먼저 나와버리면 어쩌나 싶었습니다. 책의 역사가 오래된 만큼 비슷한 주제의 책은 얼마든지 있을 테고, 같은 제목의 책 역시 존재하겠지만 불안했습니다. 제 원고가 누군가의 아류로 보일까 봐 불안했습니다.

물론, 책이 나온다고 불안이 가실 리 없을 거예요. 저의 작은 마음이 단숨에 덩치를 키우지는 못할 거예요. 이거 정말 저 같은 사람이 책을 내도 되는 걸까요. 이렇게 두려운 마음을 갖고 글을 써도 되는 걸까요.

책이 나오면 얼마간은 서점에 누워 있겠죠. 넓은 표지 전체가 사람들 눈에 가득 담기겠죠. 하지만 그 책은 시간이 지나 언젠가는 매대에서 서가로 향하는 운명을 맞이할 겁니다. 어떤 서점에서는 아예 책이 빠질지도 모르죠. 그때 저는 또 얼마나 마음 아파할까요.

책이 나오면 매일같이 온라인 서점에 들어가 판매지수를 살펴보곤 할 겁니다. 판매지수가 올라가지 못하고 제자리에 멈춰 있거나 떨어지면 그때는 또 얼마나 마음 아파할까요. 책이 나와도 여전히 저는 불안해할 겁니다. 그때는 얼른 새로운 글을 쓰면 해결될까요. 그래야 할 겁니다. 그래야만 해요.

가을에 시작된 편집 작업은 몇 차례 교정 과정을 거쳤고, 표지 시안도 나왔습니다. 계절은 어느새 겨울을 앞두고 있었습니다. 저의 불안했던 마음이 표지 시안을 보는 순간만큼은 단숨에 녹아내리기 시작했어요. 이제는 정말 책이 나올 수 있겠다는, 생각이 들었습니다.

작은 마음을 갖고, 불안해하면서 글을 쓰는 사람.

그런 사람의 책이 곧 나올지도 모르겠습니다.

글을 쓰고, 책을 기다리는 과정은 불안의 연속이었습니다. 언제까지 이어질지 모를 불안이에요.

글을 쓰고, 세상에 책이 나가 있는 그 모든 시간에 불안은 영원할지도 모르겠습니다.

그럼에도……

책이 나오면 좋기는 하겠죠.

좋기는 할 겁니다.

분명, 좋을 거예요.

책은, 제작에 들어갔습니다.

저는 지금 불안하면서도 좋은, 사람입니다.

+
책은 2019년 11월 1월 《작가님? 작가님!》이라는 제목으로 출간됐습니다.

책도

자기소개를 합니다

살면서 보도자료를 쓴 일이 몇 번 있다. 주로 음악 하는 지인들의 앨범 보도자료였다. 따로 원고료를 받지는 않았다. 누군가는 밥을 사주었고, 누군가는 고맙다는 말로 대신하기도 했다. 나도 무언가를 바라고 쓴 건 아니어서 아쉬움은 없다. 지인들의 앨범 외에, 돈벌이로 보도자료를 쓰지는 않았다. 보도자료의 특성 때문이다. 음악 앨범의 보도자료라 함은 불특정 다수에게 '이 음악 끝내주게 좋으니 한번 들어보세요' 하는 거다. 단점을 가리고 장점만을 부각해야 한다.

보도자료를 쓰기 위해 최소 세 번 이상은 앨범을 돌려 듣는다. 음악이란 게 아무리 좋아도 단점이 없을 수는 없다. 지인의 음악을 소개하는 일이라 해도 뻔히 보이는 단점을 포장해서 좋게 이야기하면, 글 쓰는 사람으로서 또 음악 좋아하는 사람으로서 양심의 가책을 느낀다. 내 글을 읽어주는 사람들에게 신뢰를 잃을지도 모르는 일이기도 하다. 그래서 보도자료를 써달라는 청탁을 받아도 대부분은 거절하고 만다. 단점을 말할 수 없다는 그 특성 때문에.

　비단 음악뿐 아니라 책의 보도자료를 쓰는 일 또한 마찬가지일 거다. 편집자가 애정을 갖고 편집한 책이라도 칭찬만을 늘어놓으려면 분명 창의력이 필요하겠지. 그저 백지 위 까만 텍스트에 불과했던 글을 책으로 만들고 팔기 위해서는 책이 갖고 있는 온갖 장점을 끌어모아야 한다. 편집자는 저자와 같은 편. 글과 책의 빈틈을 대놓고 얘기할 순 없을 것이다. 그래서 어떤 편집자는 보도자료 쓰는 일이 책 만드는 과정에서 가장 큰 어려움이라고도 했다.
　책을 읽지 않는 시대. 사람들은 책의 보도자료를 얼마나 신뢰할까. 사실 독자들은 출판사에서 제공하는 보도자료를 믿지 않을 확률이 높다. 또 그렇게 해야만 독자로서 자신의 취향과 안목을 키울 수 있을 테다. 나 역시 음악이든 책이든 보도자료를 곧이곧대로 믿지 않는다. 보도자료는 그저 뮤지션과 작가를 파악하는 용도 정도로만 쓰고, 알맹이는 스스로 듣고 본 후에 판단한다.

보도자료를 쓰던 나의 입장이 바뀐 것은 내 이름으로 된 책이 온라인 서점에 등록되고 나서부터다. 소개하는 사람에서 소개받는 사람이 되었다. 저자의 입장이 되어 출판사에서 제공하는 보도자료를 살펴보는 일은 살아생전 처음. 전에는 허투루 봤던 보도자료 한 자 한 자가 내 이야기이니, 아무래도 보는 시각이 달라질 수밖에 없다.

다시 어느 편집자가 썼던 글이 떠오른다. 그는 담당 편집자가 쓰는 보도자료는 저자에게 주는 마지막 선물과 같다고 했다. 책을 만들기 위해 지나온 시간을 떠올리며, 마지막 힘을 모아 저자에게 안겨주는 선물이라고 했다. 그래서 그는 보도자료 쓰는 일이 책 만드는 과정에서 가장 즐겁다고도 했다. 보도자료는 이렇게 쓰는 이에게 스트레스와 즐거움을 선사한다.

그의 말마따나 내 책의 보도자료를 보고 세상 그 어

떤 선물을 받았을 때보다 기뻤다. 아무리 읽어도 도저
히 질리지 않는 텍스트가 있다면 그건 바로 자기가 쓴
책의 보도자료가 아닐까. 인터넷 서점에 뜬 보도자료를
처음 보고서는, 글을 써준 담당 편집자에게 고마운 마
음이 들었다. 또 보도자료를 읽고서는 책에 관심을 가
져줄 불특정 독자들에게 역시 감사한 마음이 들었다.

　딱히 명예욕이 있거나 유명세를 바라는 것은 아니지
만, 에고 서치를 했을 때 읽을 거리가 많이 나오면 재밌
겠다는 생각을 한다. 실제로 글을 쓰고 출간한 많은 작
가들이 자신의 이름이나 작품으로 인터넷 검색을 해본
다고 하니, 사람 다 비슷한 거 같기도 하고 말이다. 물
론 누구라도 악플이나 악평은 반갑지 않겠지만.

　나의 담당 편집자가 써준 보도자료는 어쩌면 사람들
이 내 이름이나 작품을 검색했을 때 나오는 자료 중에
서 가장 먼저 등록된 정보일지도 모른다. 편집자가 써
준 보도자료가 사람들에게 어떻게 보이려나. 부디 순수
한 많은 독자들이 보도자료에 혹하여 조금이라도 책에
호감을 느껴주길 바랄 뿐이다.

　아니, 지갑을 열어 돈을 꺼내야만 하는 독자들은 사
실 저자나 편집자보다 훨씬 똑똑할지도 모른다. 조금

더 진심을 드러내자면, 부디 내 글이 보도자료에 쓰인 칭찬에 부족하지 않아, 독자에게 객관적인 지표가 될 수 있는 진짜 보도자료로 읽히면 좋겠다는 바람이다. 내 글이 보도자료에 부합하는 좋은 글이면 좋겠다.

editor S

편집자는 보도자료를 쓸 때야말로 시원섭섭함을 느낍니다. 이제 나는 한 손을 놓노니, 이 책이 부디 사람들에게 많이 사랑받으며 무럭무럭 자라주길……. 그런 마음으로 보도자료를 씁니다.

도통
실감 나지 않는 일

2020년 마흔이 되었다. 내가 마흔이라니. 내가. 마흔이라니. 실감 나지 않는다. 세상 살다 보면 실감 나지 않는 일들이 있다.

부모님과 줄곧 함께 살다가 서른이 되던 해, 결혼을 하고 출가를 했다. 처음으로 얻은 신혼집은 강서구 가양동의 한 복도식 아파트였다. 엘리베이터에서 내려 복도를 걸어 가장 구석진 곳에 집이 있었다. 결혼을 하고 한동안 퇴근길에 그 복도를 걸으면 문득 내가 결혼을 했던가, 하는 생각이 들었다.

서른두 살이 되던 해에는 아들 1호가 세상에 나왔다.

역시 퇴근길 집으로 가는 아파트 복도에서 문득 나에게 아이가 있었던가, 하는 생각이 들었다. 어린 아들의 눈빛을 보고서는 아, 고것 참 신기하네, 너는 대체 어디에서 온 거니, 너는 대체 누구니 하는 생각을 했다.

엄연히 현실 세계에서 이루어진 일이지만, 오랫동안 실감이 나지 않던 일들이다. 결혼 생활이 오래되고 아들 1호에 이어 아들 2호까지 보고서야 나는 내가 결혼도 하고, 아이도 있다는 사실에 익숙해졌다.

글을 쓰고 투고를 하고 계약을 하고 책이 나오던 순간순간이 꿈처럼 느껴지지만, 가장 실감 나지 않는 광경은 출간 후 서점에서 펼쳐졌다. 예전 〈무한도전〉 조정 특집이었지. 무한도전 팀이 힘겹게 레이스를 마치고 피니시 라인을 통과하자, 정형돈이 "내가 봤어. 진짜 잘했어" 하면서 눈물 흘리던 모습. 좋아하는 장면이다. 내가 봤다는 것은 무언가의 움직임이 있었다는 거고, 그게 노력의 결실이었다는 점에서 퍽이나 감동스러웠다.

책을 내고 한 달 정도가 지나, 점찍어둔 웹툰 책을 사러 서점에 들렀을 때였다. 신간으로 분류된 까닭에 내 책은 매대에 있었다. 사려는 웹툰을 들고서 내가 쓴

책은 잘 있나 소설 신간 매대에 들렀을 때, 한 남성이
내가 쓴 책을 펼쳐 보고 있었다.

나는 그 남성 옆에 붙어 염력을 불어넣었다. '사라,
사. 제발. 사세요. 재밌을 거예요. 다시 매대에 놓지 말
고 그대로 계산대로 가세요. 제발.'

염력이 통했던 걸까. 그는 내가 쓴 책을 들고 계산대
로 갔다. 그 모습이 그렇게 쿨해 보일 수가 없었다. 그
남성 뒤에 붙어, 내 책이 계산되는 모습을 지켜봤다. 내
가 쓴 책과 그림책 하나와 종이봉투까지 3만 3,100원의
결제 금액.

나는 그 남성에 이어 웹툰 책을 결제하고서는 멀어
져가는 그를 바라보았다. 마음 같아선 그에게 다가가
"아이고 독자님. 이 책은 어떻게 알게 되셨나요. 제가
이 책을 쓴 사람입니다. 사주셔서 고맙습니다" 하고 싶
었지만, 이상한 사람으로 보일 수도 있었겠지.

차마 그러지는 못하고 내 책을 사 간 사람이 부디 완
독하기를, 완독 후에는 악평이 아닌 호평을 해줄 수 있
기를, 그리하여 책장에 오래오래 두고서 언젠가 생각이
나면 다시 한번 열어볼 수 있기를 바랐다.

그러니까 나는 서점에서 내가 모르는 누군가가 내

책을 사 가는 모습을 처음으로 본 것이다. 눈으로 보고서도 실감이 나지 않는 광경이었다. 무한도전 속 정형돈이 되어 말하고 싶었다.

"내가 봤어. 내 책을 사 갔어."

해가 바뀌고 올해 마흔이 된, 나와 같은 81년생들을 모아 설문조사를 한 기사를 봤다. 40대에 이루고 싶은 소망으로 2.4퍼센트의 사람들이 '내 책을 써보고 싶다'라는 대답을 했단다.

내 책. 내가 쓴 책.

나는 30대의 마지막 해에 출판사에 투고를 하고 계약을 하고 책을 냈다. 2.4퍼센트의 사람들이 이루고자 하는 꿈을 조금은 앞서 이룬 것이다.

책이 나온 지 이제 몇 달이 지났지만 사실은 여전히 내가 쓴 책이 세상에 나왔다는 것도, 오프라인 서점이나 온라인 서점에서 내가 쓴 책을 만날 수 있다는 것도 실감 나지 않는다. 나를 모르던 누군가가 나를 '작가'라고 불러주는 것도 아직은 어색하고 생경한 일이다. 마흔이라는 나이가 익숙해질 때쯤이면 내가 책을 내었다는 사실이 익숙해질까. 알 수 없다.

올해 마흔을 대상으로 한 설문조사에 내가 응했다면, 나 역시 2.4퍼센트의 사람들과 마찬가지로 '내 책을 써보고 싶다'라고 얘기했을 것이다. 첫 책이 아니라 두 번째 책이 되겠지마는.

어린 시절 40대의 나를 상상해본 적이 있었는가 떠올려본다. 없다. 어렴풋이 그저 40대 정도가 되면 살아온 세월이 얼굴에 묻어나겠지, 그러니까 40대의 나는 내 얼굴에 책임을 져야 하겠지, 하는 생각 정도만이 있었던 것 같다.

20대 초반 술집에 가면 모르는 사람에게 "음악 하게 생겼어요"라는 말을 종종 들었다. 마흔이 된 지금의 내 얼굴은 어떠할까. 글을 쓰게 생긴 관상 따위 따로 정해진 바 없겠지만, 누군가가 나를 볼 때 "아, 이 사람. 글 괜찮게 쓰는 사람" 정도의 소리를 들을 수 있는 40대를 보내고 싶다.

2020년. 마흔. 출간.

실감 나지 않는 삶에서 선명하게 인지하고 있는 하나라면, 꾸준히 글을 쓰는 사람으로 남고 싶다는 소망이다. 40대에는 그렇게 살고 싶다.

내가 쓴 책, 내가 만든 책이 서점에 누워 있는 모습을 보면 생각보다 참 뿌듯
하죠. 그러니 쓰고 싶다는 마음을 품고 있다면 부디 계속 쓰고, 목격했으면
합니다. 어쨌거나, 쓰지 않는 것보다는 분명 나을 터이니.

맺음,
그리고 또다시 시작

101통. 최근까지 출판사 담당 편집자에게서 온 메일 숫자다. 지난해 6월에 처음 메일을 주고받았으니, 1년도 안 되는 시간에 101통의 메일을 받은 셈이고, 아마 나도 그 정도의 메일을 편집자에게 드렸던 거 같다. 처음은 투고 원고에 대한 답이 시작이었고, 그 후로는 계약과 편집, 교정, 출간 그리고 출간 후의 이야기들이 오갔다. 때로는 사소한 서로의 일상을 묻기도 했다.

100통이 넘는 메일을 주고받고, 책도 한 권 낸 그 시간 동안 놀랍게도 전화 통화를 한 적은 한 번도 없다. 조금 급하다 싶을 때는 문자를 주고받았을 뿐, 신기하리만큼 전화 통화 없이 일을 진행해나갔다. 편집자도 그러한지는 모르겠지만, 나도 이제는 메일을 주고받는 게 편하고 앞으로도 이런 식으로 일을 진행하지 않을까 싶다.

얼마 전 출판사 열린책들에서 나온《열린책들 편집 매뉴얼 2020》을 사 봤다. 편집자도 아니면서 편집자 관련 책을 보는 이유는, 조금이라도 편집자들이 편하게 볼 수 있는 원고를 쓰면 좋겠다, 싶어서였다. 살펴보니 꼭 편집자만을 위한 책은 아닌 것 같았다. 헷갈리는 띄어쓰기나 맞춤법 등이 제공되고, 책의 부분별 명칭이나, 책을 어떻게 만드는지, 또 책의 대략적인 제작비용까지 제시되어 글을 쓰는 사람에게도 여러모로 도움이 되었다.

특히 부록으로 실린 '편집자 체크리스트'가 좋았다.

"편집자는 최초의 독자다. 편집자에게조차 재미없거나 가치가 없는 원고는 출판할 가치가 없다."

원고(출간)를 검토하고 점검할 때 챙겨야 할 여러 항목 중 가장 앞선 것으로, 과연 편집자에게 재미가 있는지를 따져보라는 내용이었다. 열린책들 출판사뿐만 아니라 대부분의 출판사에서 원고를 볼 때, 특히 투고 원고를 검토할 때는 이런 항목을 우선으로 보는 거겠지.

다행히도 담당 편집자는 내 원고를 좋게 봐주신 거 같다. 그러니까 여태껏 이렇게 메일을 100통 넘게 주고받을 수 있는 게 아닐까. 이상하게 출판사 편집자라는 직업을 가진 분들과 이야기를 주고받는 게 즐겁다. 그게 비록 투고에 대한 반려 메일이라 해도 그랬다. 아마도 보통은 마구 쓰인 인터넷의 글을 보다가, 나름 정제된 글을 접해서 그런 걸까 싶기도 하고.

예전에 한 편집자가 〈채널예스〉에 쓴 글을 본 적이 있다. 모든 편집자가 그런 것은 아니겠지만, 그 글을 쓴 편집자는 자기가 연락할 때는 답이 바로 오면서, 먼저 연락하지는 않는 작가가 좋다고 했다. 아마도 편집자라는 직업이 일이 많고 바쁘기도 해서 이런 글이 나온 게 아닐까 싶다.

그 글을 접한 이후로 아, 될 수 있으면 편집자를 귀찮게 하지 말아야지, 업무 내용 말고는 메일도 드리지 말아야지, 하면서도 나는 자꾸만 쓸데없는 말을 메일에 적고는 한다. 심지어는 담당 편집자가 나보다 나이가 많아서, 누나라고 부를 수 있으면 어떨까 하는 생각까지 한 적이 있다. 그러면 나는 그에게 조금은 더 칭얼거리고 징징거릴 수 있을 텐데.

데뷔작인 소설《작가님? 작가님!》의 출간 작업이 막바지에 이르렀을 때 나는 컴퓨터 하드 안에 숨겨놓았던 원고 하나를 편집자에게 보내드렸다.

저, 사실은 이런 원고도 써두었어요. 한번 재미 삼아 시간 나실 때 읽어주세요.

원고를 미리 보내지 못했던 까닭은 데뷔작과는 전혀 다른 감성으로 쓴 글이었기에, 혹시나 작업 중인 원고에 대한 호감까지 잃게 될까 두려웠기 때문이다. 작가 지망생의 이야기를 다룬 데뷔작과 달리 두 번째로 보낸 원고는 사회생활을 하면서 원치 않게 골프를 배워야만 했던 평범한 직장인의 운동 에세이였다.

원고를 받은 담당 편집자는 골프에 문외한이라는 말과 함께, 한번 읽어보겠다고 대답해주었다. 개인적인, 너무나도 개인적인 일화가 담긴 에세이였고 또 골프라는 소재가 책으로 나오기에는 허들이 몹시 높아 보여 큰 기대는 갖지 않았다. 언제나 그렇듯 기대는 실망을 불러오니까.

　며칠이 지나 점심시간이 되었을 때 담당 편집자에게
서 연락이 왔다. 메일이 아닌 문자였다.

　"작가님~ 점심 먹으러 가기 전에 에세이 원고 스리
슬쩍 조금 봤는데…… 와! 좋네요!"

　기대가 없으면 실망이 없는 법이지만, 기대하지 않
았던 일이 성사되었을 때 그 기쁨은 말로 표현할 수 없
다. 데뷔작이 나오고 얼마 지나지 않아 나는 차기작 원
고가 채택되는 행운을 누릴 수 있었고, 무엇보다 담당
편집자 역시 동일한 인물로 결정되었다.

　나에게는 구원의 천사가 내 곁을 떠나지 않고 다시
금 구원의 손길을 뻗어준 것이나 다름없다. 구원의 천
사는 데뷔작 때와 마찬가지로 때로는 원고에 밑줄을 긋
고, 또 때로는 파란색과 검은색 등의 색상으로 내 원고
를 다듬어주겠지.

　편집자와 저자가 서로 글을 주고받는 것을 단순히
출간 작업이라고만 칭할 수는 없을 것 같다. 주고받는
그 메일 안에는 말로 표현할 수 없는 여러 감정이 뒤섞
여 있다. 글을 고치고 책을 만들기 위해 앞으로 나아가
는 과정에서 편집자와 저자는 한껏 신경이 곤두서 서로
에게 상처를 줄 수도 있다. 그런 점에서 나는 행운아가

틀림없다. 글을 쓰며 불안해하고 나약해질 때마다 담당 편집자는 나에게 구원의 손길을 보내주었다. 기다림에 지쳐 한없이 가라앉을 때 편집자가 보내주는 메일을 보면 불안이 눈 녹듯 사그라들었다.

차기작의 원고 채택 연락을 받고서 담당 편집자에게 예전에 했던 말을 다시 해야만 했다. 다정한 마음을 담아. 처음보다 조금은 더 자연스럽게.

"잘 부탁드립니다."

editor S

책을 만들며, 의견을 주고받는 과정에서 꼭 필요한 자세가 '자기 중심을 지키면서도 유연하기'인 것 같습니다. 작가와 편집자는 한편이라는 마음도요.

2장

비록

바보처럼

보인대도

내 글을 보는 편집자도 그런 미소를 지을 수 있으면 좋으련만. 내가 초능력자가 아닌 이상 원고를 읽는 편집자의 표정을 알 순 없겠지만, 그럴 수 있으면 좋겠다. 내 글이 출판사의 최우선 순위가 아니더라도, 다른 작가에 비해 글솜씨가 조금 부족하더라도, 편집자를 한 번쯤 웃게 만들 수 있는 그런 글이면 좋겠다.

이상한
편집자

출간 계약을 맺기 전의 일이다. 출판사에 글을 보내고 반려 메일만 받던 시기. 글을 쓰기 시작한 이래 가장 처참하고 우울하던 시기. 한 1인출판사 대표에게서 답장이 왔다. 글은 괜찮은데 자기가 출간하고픈 성격의 원고는 아니라서 이야기를 나눠보고 싶다는 메일이었다.

그는 자신을 1인출판사의 대표이자 편집자이자 마케터라고 소개했다. 출판과 관련된 모든 일을 도맡아 하는 사람이었고, 최근에는 자신이 만든 책을 소개하는 유튜브 계정까지 운영 중이었다. 비록 투고 원고의 채택 연락은 아니었지만, 내 글에 호감을 보이는 답장이었으니 마다할 이유가 없었다.

그는 괜찮은 시간에 통화를 좀 하자고 했으며, 그 전
에 나에게 얼굴을 좀 보여달라고 했다. 얼굴을 어떻게
보여드리나요? 사진을 찍어서 보내주세요. 자신은 출판
일 외에 관상을 보는 일도 즐겨 한다면서, 그러니까 작
가로서 성공할 수 있는지 관상을 한번 보고 싶다는 얘기
였다.

이 시절 나는 다 끊어질 듯 썩어 문드러진 동아줄이
라도 붙잡고 싶은 심정이었다. 결국 잘 알지도 못하는
그에게 셀카를 찍어 메일을 보내주었다. 그저 그가 내
원고를 검토하는 편집자라는 이유만으로. 돌이켜보면
몹시도 등신 같은 일이었다. 다행인지, 불행인지, 혹은
요즘 나오는 휴대폰의 카메라가 좋아서인지 관상은 나
빠 보이지 않는다는 답장이 돌아왔다. 지금 생각하면
나 같은 사람이 사기나 보이스 피싱 같은 거 당하는 게
아닐까 싶기도 하고.

그렇게 몇 차례 메일을 주고받은 후에 다음 날 통화
를 하기로 했다. 하루 동안 그는 내가 보낸 원고를 조금
더 들여다보겠다고 했다. 나는 퇴근길에 서점에 들러
그가 만들었다는 책을 두루 살펴보고 그가 저자로 낸

책을 사서 보았다. 편지 형식으로 작가 지망생에게 출간과 관련된 팁을 알려주는 내용이었다. 아, 나에게 꼭 필요한 책이었다.

하룻밤을 꼬박 들여 그가 쓴 책을 완독했다. 책의 만듦새는 꽤 괜찮았다. 이 정도 퀄리티의 책을 내는 곳이라면 믿고 함께해볼 수 있지 않을까 싶었다. 다음 날 점심시간쯤 기다리던 전화가 왔다. 출판사 대표는 나보다 열 살 정도가 많은 중년 여성이었는데 내 글이 괜찮다고 했다.

그런 당근과 함께 곧바로 채찍을 주었으니, 문장은 괜찮지만 글의 흐름이 심각하다고 했다. 음, 글의 흐름이? 원고를 쓰면서 다른 것은 차치하더라도 글의 흐름만큼은 문제가 없다고 자부했다. 그간 원고를 보고서 피드백을 주었던 몇몇 출판사도 글의 흐름이 무척이나 유연해서 잘 읽힌다고 해주었기 때문에 기분이 좀 상하고야 말았다.

그래, 뭐 글이라는 게 사람마다 다르게 읽힐 수 있는 거니까. 그래도 못내 이상한 생각이 들어서 "제가 쓴 글에 보면 이런 이야기가 나오잖아요?" 하고 질문을 해봤다. 돌아오는 답변이 영 시원찮다. "아아, 그런가요. 네

네, 그런 내용이 있었던 거 같네요."

　내 원고를 자세히 보지 않았다는 게 확연히 티 났다. 하루 동안 내 원고를 보았다면 분명 알 수 있는 내용인데도 그는 제대로 답변하지 못했다. 그러면서 글의 흐름이 심각하다고 말했으니, 기분이 나아질 리 없었다.

　그렇게 답답한 질문과 답이 오간 후에 출판사 대표는 자신이 기획하는 글을 써줄 수 있느냐고 물었다. 내가 즐겨 듣지 않는 장르의 음악을 듣고 글을 써달라고 했다. 그러면서 이 기획이 외부에 노출되어서는 곤란하니 자신과의 통화는 꼭 비밀로 해달라고 했다. 기획에 대해 들어보았으나 그리 특별할 것 없는 아이템이었다. 비록 즐겨 듣는 음악은 아니었지만, 듣고 글을 쓸 수는 있을 것 같았다. 나는 하루만 생각하고 답을 드리겠다고 했다. 그의 말에 영 믿음이 가질 않았기 때문이었다.

　그러자 출판사 대표는 또 다른 말을 더했다. 자신이 기획을 하고 목차까지 짜주는 거니 1쇄에 대한 인세는 없다고 했다. 책이 망해도 저자에겐 책이 남지만, 출판사로서는 출간하는 모든 비용을 대고서 망하면 곤란하니, 1쇄 정도까지는 인세를 받지 않아도 손해 보지 않을 거라는 말을 덧붙이면서.

책을 준비하면서 신인 저자의 인세는 어느 정도일까 찾아보았다. 요즘은 신인이든 기성이든 보통 10퍼센트 정도의 인세를 받지만, 7~8퍼센트 정도를 제안하는 곳도 적지 않은 듯했다. 그래 뭐 7~8퍼센트도 인정. 그런데 1쇄 무인세라니. 이건 좀 경우가 심한 거 아닌가? 납득이 가질 않았다.

"대표님. 1쇄는 얼마나 찍으시려고요?"

"3,000부 찍을 예정입니다."

아, 그러니까 지금 3,000부까지는 저자 인세 없이 계약하자는 얘기구나. 그렇구나. 그제야 전날 읽은 책 내용이 떠올랐다. 출판과 관련된 이런저런 팁을 다루면서 이상하게도 인세와 관련된 꼭지는 어디에도 없었다. 그저 계약서에 찍는 출판사 도장이 예쁘다는 자랑만 있었을 뿐.

목구멍까지 뜨거운 것이 올라오는 것을 느꼈다. 당장이라도 욕이 튀어나올 것만 같았지만 나는 초중고 도덕 교과 과정을 잘 이수해온 사람. 나보다 열 살이나 많은 사람에게 욕을 해서 무엇 하랴.

결국 하루 동안 생각해보겠다는 말을 다시 던지고는 전화를 끊었다. 그날 그가 운영하는 출판사에서 책

을 낸 저자들의 SNS를 찾아보았다. 역시나 1쇄 인세를
받지 않았음에도 그저 책을 낼 수 있어서, 그렇게 책을
낸 덕분에 강연 의뢰를 받을 수 있어서 좋다는 글이 있
었다.

　나는 책을 내고서 강연을 할 계획 같은 거 없었다.
내 주제에 무슨 강연이야. 다음 날 최대한 공손하게, 제
가 즐겨 듣지 않는 음악이라 아무래도 자신이 없다는
말로 메일을 보냈다. 인세 얘기는 빼놓은 채. 사실은 대
표님 그렇게 살지 마세요, 하고 싶었으나 뭐 또 얼굴 볼
사이도 아닌 것 같고.

　글을 쓰며, 출간을 준비하며 겪은 단연 가장 이상한
사람이었다. 내 주변에 작가 지망생이 이런 제안을 받
는다면 발 벗고 말리고 싶다. 헐값에 자신의 글을 팔지
말라고 말하고 싶다. 나는 등신같이 셀카를 찍어서 보
내기도 했지만, 누군가 관상을 좀 보겠다며 사진을 찍
어 보내달라고 하면 의심하라고 얘기하고 싶다.

　그나저나 그가 쓴 책은 어떻게 해야 할까. 그와 통화
를 하고 나니 좋게 봤던 그의 책마저 미워졌다. 냄비 받
침으로 써버릴까. 에이, 책이 무슨 죄야. 사람이 나쁜

거지. 나는 책장에 있던 그의 책을 조금 덜 보이는 곳으로 옮겨놓았다. 그래. 책이 무슨 죄야. 책이.

책 만드는 실력은 어떠한지 몰라도 관상을 보는 그의 실력은 좋지 않은 듯하다. 나는 순둥이 같은 얼굴을 하고서는 이때의 일을 지금껏 기억해두었다가 내 책의 소재로 써먹고야 만다.

editor S

출판계 사람들 대부분이 순진하고 바른생활 타입이긴 한데, 이상한 사람도 많습니다. 네, 많아요. ○○○ 총량의 법칙은 출판계도 비껴가지 않거든요. 그러니 투고를 할 때도 옥석을 잘 가리시기를.

편집자님
요즘 뭐 보세요?

출판사 열린책들에서 나온 《편집가가 하는 일》이라는
책을 읽었다. 표지에는 편집가나 편집가 주변에서 일하
는 사람, 혹은 편집가의 머릿속이 궁금한 작가를 위한
책이라는 내용이 쓰여 있었다. 나는 물론 편집가의 머
릿속이 궁금한 글쟁이 입장에서 책을 읽어나갔다.

열린책들에서는 원제에 쓰인 'Editor'를 보편적으로
쓰는 '편집자'가 아닌 '편집가'라는 단어로 옮긴 이유와
함께 앞으로 이런 단어를 쓰면 어떨까 하고 제안까지
해두었는데, 이 부분에 대해서는 편집자마다 의견이 다
르지 않을까 싶다. 이미 편집자라는 단어가 너무나 익
숙하게 쓰이고 있고, 글을 쓰는 사람조차 스스로를 작

가가 아닌 '작자'라고 부르기도 하니까.

책을 펼치자 서문에서부터 마음을 울리는 문장이 있었다. 편집가가 하는 일을 나열한 문장이었는데, 다름 아닌 편집가는 저자의 영혼을 어루만져야 한다는 내용이었다. 나나 제임스 미치너의 《소설》 속 루카스 요더가 자신의 편집자를 가리켜 '구원의 천사'라고 부르는 이유도 이런 영혼의 울림을 느꼈기 때문 아니었을까. 편집가는 저자의 영혼을 어루만져야 한다는 문장을 읽으며 지난 시간을 떠올렸다. 실제로 그러했기 때문에.

한편 이 책에서 가장 재미있었던 꼭지는 저자와 편집자의 관계를 그린 부분이었다. 베치 러너라는 사람이 쓴 글이었는데, 그는 이 글에서 작가들이 무척이나 태연하게 이런 질문을 편집가에게 던진다고 했다.

"저 말고 또 어떤 작가와 일하고 계십니까?"

그리고 이 질문의 참뜻은 저는 우선순위 어디쯤에 있는 겁니까, 누구의 글솜씨가 최고인 겁니까라고. 이 꼭지를 읽고선 뜨끔하면서도 아, 글 쓴다는 사람은 다들 비슷하구나 싶어 웃음이 터지고야 말았다.

출판사 편집자들이 하나의 원고만 보는 것은 아닐 테니까. 하루에도 여러 저자의 글을 볼 테고, 투고 원고

까지 검토하는 날이면 수십 개의 원고를 볼지도 모를
일이다. 그러니 출간 계약을 맺었더라도 편집자가 내
원고만 보고 있을 리는 없다. 디자이너가 디자인을 손
보는 사이, 나는 종종 담당 편집자에게 이런 질문을 던
졌다.

"편집자님, 요즘엔 어떤 원고 보고 계세요?"

내 책을 내준 출판사는 국내외 고전문학도 다루다
보니, 이런 질문을 던졌을 때 들리는 답변이 가령, 나쓰
메 소세키나 버지니아 울프 같은 이름이다. 나도 양심
이 있는지라, 허허 편집자님, 나쓰메 소세키보다 제 글
솜씨가 더 좋지 않습니까? 이런 말은 못 하고, 아하하
그러시군요, 하고 입을 싹 닫는 것이다.

배치 러너가 쓴 글을 읽으며 이런저런 상황이 그려
지고, 또 실제로 나도 이런 질문을 몇 번 했었기에 웃음
이 터짐과 동시에 어떤 안도감 같은 게 생겼다. 글 쓰는
사람들 다 소심하고 불안하고 그렇게 사는구나. 나만
그런 게 아니구나.

글을 쓰고 책을 준비하면서 출판과 관련된 다양한
책과 영화를 찾아보았다. 영화 〈미드나잇 인 파리〉에서

글을 쓰는 주인공은 과거로 시간여행을 하는 와중에 대문호 헤밍웨이를 만난다. 주인공은 자신이 쓴 글을 봐달라고 요청하지만, 헤밍웨이는 이런 말을 남기며 거절한다.

"못 쓴 글을 보면 짜증이 날 테고, 나보다 잘 쓴 글을 보면 질투가 날 테니까."

나는 물론 헤밍웨이가 아니지만, 글을 좀 봐달라는 사람들이 가끔 있다. 누군가 기가 막히게 잘 쓴 글을 보내주면 감탄을 하면서도 질투가 나고, 조금 어설픈 글을 보고 나면 안타까운 마음이 들기도 한다.

누구든 다른 사람에게 자기 글을 보여주려면 큰 용기가 필요하다. 그리고 그 대상이 출간을 결정하는 위치에 있는 편집자라면 마음이 조금 더 움츠러들 수밖에 없다. 자신이 쓴 글에 아무리 자부심이 넘치는 사람이라도 편집자에게 글을 보내고서는 다들 작은 마음이 생기지 않을까. 다른 사람은 악평을 하더라도, 편집자에게만큼은 재미나게 읽혔으면 하는.

헤밍웨이와 스콧 피츠제럴드의 원고를 손본 전설적인 편집자 맥스 퍼킨스와 작가 토머스 울프의 이야기를 다룬 영화 〈지니어스〉 역시 뭉클한 기억으로 남아 있다. 여러 장면이 마음에 남았지만, 가장 인상적이었던 한 장면을 꼽으라면 영화 속 맥스 퍼킨스가 기차 안에서 토머스 울프의 원고를 살피던 순간이다. 무표정으로 원고를 읽어나가던 맥스 퍼킨스는 화면이 전환되기 전에 살며시 미소를 짓는다. 그 순간 나는 많이도 울컥했다. 그 미소가 너무나 부럽고도 아름다워서.

내 글을 보는 편집자도 그런 미소를 지을 수 있으면 좋으련만. 내가 초능력자가 아닌 이상 원고를 읽는 편집자의 표정을 알 순 없겠지만, 그럴 수 있으면 좋겠다. 내 글이 출판사의 최우선 순위가 아니더라도, 다른 작가에 비해 글솜씨가 조금 부족하더라도, 편집자를 한 번쯤 웃게 만들 수 있는 그런 글이면 좋겠다.

editor S

작가도 그렇지만, 소심하고 조심스럽고 좀스럽기는 편집자가 세상 최고 아닐까 싶습니다. 한편으로는 만만찮게 시니컬한 족속이기도 해서 그런 편집자를 풋 혹은 빙그레 웃게 만들었다면 그 원고, 꽤 괜찮을 확률이 높겠지요?

나의 글재주가
의심될 때

가끔 한글 파일에 원고 작업을 하거나 브런치, SNS에
글을 쓰고도 뭔가 답답하고 배설이 덜 된 느낌이 드는
날이 있다. 뭐라도 타이핑하지 않으면 속이 풀리지 않
는 그런 날에는 이런저런 커뮤니티에 글을 써보고, 이
리 기웃 저리 기웃한다.

'나는 요즘 글을 잘 쓰고 있나? 필력은 봐줄 만한
가?' 하는 궁금증이 도질 때는 가끔씩 익명 게시판에도
글을 하나씩 써본다. 최대한 물어뜯고 쌍욕이 오가는
곳이 좋다. 악플이 득실득실하고 반말을 해야만 정상으
로 봐주는 곳에 글을 올려본 다음, 아무리 그런 곳이라
도 글이 괜찮으면 선플이 달리겠지, 하는 것이다. 악플

이나 안 달리면 다행이지 싶으면서도 나름의 필력 테스
트인 셈이다.

며칠 전 한 익명 게시판에 글을 하나 올렸는데 조회
수 190에 추천 아홉 개. 개념 글에 올랐다. 오, 개념 없
는 내가 개념인이 된 것 같아 으쓱해진다. 댓글을 보니
악플은 없다. 아, 그래, 다행이네, 내 글이 읽어볼 만한
가 보다…… 하고 그제야 그 빌어먹을 안도감이 드는
것이다.

전에는 《회색인간》의 김동식 작가가 한 유머 사이트
에 글을 쓰다가 출간을 했다는 얘기를 듣고 그곳에도
글을 올려본 적이 있다. 반응은 미지근했다. 게다가 내
가 올린 글을 누군가 퍼갔는데, 그 퍼간 곳이 무슨 단란
주점, 유흥업소 관련 이야기를 나누는 퇴폐 사이트였
다. 구글링 결과, 그런 곳에 내 글이 떠서 그 후로는 그
유머 사이트에 글을 쓰지 않는다.

가끔 선플과 악플이 공존하는 게시물을 보며 글이라
는 건 참 독특하다고 느낀다. 누군가에게 정말 좋은 글
도 누군가에겐 쓰레기처럼 보일 수 있으니까.

암튼 며칠 전에 했던 필력 테스트 성적은 나름 괜찮

았다. 익명 게시판에서도 악플 하나 없이 선플이 달리는 걸 보고서는 아, 세상이 아직 거칠지만은 않다는 생각이 들었달까.

익명 게시판에 글을 올리고 받은 댓글은 다음과 같다.

1. 잘 읽히네요.
2. 모처럼 이곳에서 훈훈한 글 읽고 마음이 다 따뜻해졌습니다. 건필하십시오!
3. 애들아, 작가가 되면 일상을 써도 이 정도 필력이 나온다. 얼마나 노력했겠니. 우리 모두 노력하자.
4. 글이 술술 읽혀요. 문체가 깔끔하고 좋네요. ……

후우. 역시 다시 봐도 안도감이 든다. 책을 냈어도 글이 어떻게 읽힐지 궁금하고 그 몹쓸 인정욕구가 도질 때는 마치 영화 〈캐치 미 이프 유 캔〉 속 리어나도 디캐프리오가 된 것 같다. 영화 후반부에 디캐프리오가 국가 공무원으로 일하면서도 변장하고 도망치려고 하니까 톰 행크스가 그런 말을 하지 않던가. 너 이제 도망 안 쳐도 된다고. 너 사기꾼 아니라고.

나도 누군가 너 인마, 더 이상 작가 지망생 아니니까

익명 게시판에 필력 테스트 같은 거 하지 말고 우리 출
판사에 글 좀 써서 보내라고 얘기해주는 사람이 있으면
좋겠다. 이걸 다른 말로 하면 원고 청탁이라고 하나.

　　아, 물론 제 얼굴이 디캐프리오 같다는 얘기는 아니
지만요.

(editor S)

편집자는 작가의 이전 발표 글이나 SNS, 혹은 대화를 통해 그 사람의 취향과
관심사 등을 파악해서 집필 제안을 합니다. 자신의 선호, 개성, 지향점(?) 같은
걸 어딘가에 흩뿌려놓는다면 '청탁 가능성'이 조금은 커질지도 몰라요.

나를 뭐라 부르든,
그저 씁니다

투고를 하고 답장을 받는다. 처음 투고 메일을 쓸 때는 어떤 이가 메일을 열어볼지 몰라서 호칭을 뭐라고 해야 할지 고민하기도 했다. 보통은 ○○출판사 편집자님, ○○출판사 담당자님 등으로 해서 메일을 보낸다. 출판사 대표의 메일 계정이 확실해 보일 때엔 '대표님' 앞으로 메일을 보내기도 한다.

그렇게 메일을 보내고 나면 출판사로부터 하나둘 답장이 온다. 당일에 오는 답장은 원고가 잘 접수됐다는 확인 메일이 보통이지만, 투고 원고는 검토하지 않는다는 답변도 있다. 그럴 때면 약간은 김이 빠지는 기분이 들기도 하고, 한편으로는 기다림의 시간을 덜어준다는 점에서 고맙기도 하다.

투고 원고의 채택 여부는 보통 일주일에서 2주일 사이에 판가름이 나고, 규모가 좀 크다 싶은 출판사에서는 한 달에서 석 달까지도 걸린다. 물론 투고 메일에 아예 아무런 답이 없는 출판사도 있고, 메일을 열어보지 않는 듯한 출판사도 있다.

규모가 큰 한 출판사의 반응이 재밌었다. 매년 출판사의 이름을 딴 문학상까지 시상하는 곳이었다. 에세이 원고를 투고한 다음 날 답장이 왔는데, 문학 담당 편집자가 퇴사를 하여 원고를 검토할 사람이 없으니, 편집자가 채용된 다음에 다시 투고를 하든지, 문학 공모전에 참여하라는 내용이었다. 공모전까지는 그 일정이 너무나 길고, 편집자가 언제 채용될지 내가 어찌 알 수 있을까. 그 답장 내용이 조금은 귀찮은 듯 심드렁해 보여서 불쾌해질 뻔했지만, 이직이 잦다는 출판계 상황을 생각하니 이해 못 할 것도 없었다.

투고 메일에는 주로 편집자가, 때로는 출판사 대표가 답장을 준다. 그들은 보통 이름 뒤에 '님' 자를 붙이거나, 혹은 선생님이라는 호칭으로 나를 부른다. 한 출판사 대표는 이름 뒤에 '씨'를 붙여 부르기도 했지만, 흔한 일은 아니다. 책을 내기 전에도 아주 가끔 몇몇 출판사에서는 작가님이라는 호칭으로 메일을 주기도 했다. 원고 투고자에 불과했던 나로서는 작가라는 호칭이 조금은 부담스러웠다.

몇 편의 원고를 쓰면서 한 출판사에 여러 차례 메일을 보내기도 했는데, 그렇게 인연이 되어 가끔 연락을 주고받는 편집자도 생겼다. 재미난 것은 처음에 선생님이나 '님' 자를 붙여 나를 불러주던 사람들이, 책이 나온 후에는 꼭 '작가님'이라는 호칭을 써준다는 것이다.

얼마 전에 이직했다는 한 출판사 편집자는 몇 분 사이에 호칭을 달리하기도 했다. 그는 이전에 있던 출판사에서 내 원고를 좋게 보았으나, 당시의 출판사는 회사 방침상 투고 원고는 출간하지 않았다고 했다. 이직한 출판사에서는 투고 원고를 적극 검토하니 원고를 다시 보내달라는 연락을 해왔는데, 그가 달라는 원고는 이미 책으로 나온 뒤였다. 상황을 설명하자, 처음에는 선생님이라고 부르던 그가 이내 작가님이라고 고쳐 부르기 시작했다. 고작 몇 분을 사이에 두고서. 책을 낸 사람들은 무조건 '작가'라고 불러야 한다는 출판사의 규칙이라도 있는 걸까.

　김춘수의 시 〈꽃〉을 좋아한다. 내가 그의 이름을 불러주었을 때 그는 나에게로 와서 꽃이 되었다는 향기로운 시. 한영애가 부른 〈달〉도 비슷한 감흥을 주기에 좋아한다. 이 곡을 처음 들었던 어린 시절부터 지금까지도 즐겨 듣는다. 모습이 변한다 해도 다른 이름 붙이지 말라는 가사는 자존감을 올리고, 정체성을 지켜나가는 데 큰 도움이 되었다. 초승이든, 그믐이든, 보름이든 달은 모두 같은 달일 뿐이니, 지금 모습이 조금 초라해도 따뜻하고 환한 빛을 띨 그날까지 기다려보자는 곡이다.

　이경 님이든, 이경 씨든, 이경 선생님이든, 혹은 저자나 작가로 불리든 나는 변한 게 없다. 책을 내기 전과 후의 나는 같은 사람이다. 글을 쓰고, 다듬고, 출판사에 보내고, 자주 상처받고 가끔 희열을 느끼는 똑같은 사람.

　책을 낸 이후에는 전과 달리 출판사 사람들 대부분이 나를 작가로 불러준다. 나는 여전히도 그 호칭이 어색하고 생경하지만. 여러 이름으로 불리던 작가 지망생과 작가 사이의 틈에는 단 한 권의 책이 있는 건가 궁금하기도 하다. 단 한 권의 출간 도서만 있으면, 누구든지 작가가 될 수 있는 걸까.

　이왕이면 작가 지망생보다 작가로 불리는 삶이 좋기야 하겠지만, 책을 내기 전이나 앞으로나 내 삶이 크게 변하진 않을 것 같다. 누가 어떻게 불러주든, 나는 그저 글을 쓰는 사람이다.

editor S

저는 작가 분들을 어떻게 부르나 생각해봤는데 선생님과 작가님을 반반쯤 섞어서 쓰는 것 같아요. 저보다 연배가 있는 분들을 주로 선생님이라고 부르는 편이고요. 뭐라 불리든 '계속 꾸준히 쓰는 사람'이 늘어나면 좋겠습니다.

작가라는
이름의 무게감

처음 책을 내고 한 익명의 문학 게시판에 출간 이야기
를 올렸다. 누군가 나처럼 맨땅에 헤딩할 일 없도록, 그
동안 몸소 겪었던 투고 관련 팁을 공유하면 좋겠다는
생각에서였다. 책 제목을 알리진 않았고, 익명 게시판
답게 아주 가벼운 톤으로 날림 글을 썼다. 나야 뭐, 화
기애애한 분위기가 될 줄 알았지.

　온라인에선 어떤 글이든 첫 댓글이 중요한 법. 안타
깝게도 내가 쓴 글에 처음으로 달린 댓글은 이랬다.

　'책을 내신 건 기쁘겠지만, 이 글에선 어떤 문학적인
감성도 느껴지지 않네요.'

　아니, 어떤 성격의 글이든 어디에 올리든 무조건 문

학적인 감성을 내뿜으며 써야 하는 걸까. 온갖 메타포를 이용해서?

사람들은 '작가'를 뭐라고 생각하는 걸까. 매사에 진지하고, 깊이 있는 그런 이야기를 나누는 사람? 가끔 문학 커뮤니티에 올라오는 '작가'에 대한 환상 섞인 시선을 보고 있자면 조금 답답해지곤 한다. 댓글을 보고서는 얼굴이 붉어져, 글을 지워버리고야 말았지만.

글을 쓰는 사람이라면 누구나 작가가 될 수 있다고 생각하는 편이다. 교육의 여부, 재산의 많고 적음, 성별, 나이, 성격 등등 그 어떤 기준점을 갖다 대더라도 그저 글을 쓴다면 누구라도 '작가'의 길을 걸을 수 있는 게 아닐까 하는 생각. 작가라는 사람들이 꼭 그렇게 무게를 잡아야 하는 건 아니라는 생각. 책을 내기 전이나 책을 낸 다음이나 이 생각에는 변함이 없다.

하지만 또 한편으로는 '작가'라는 단어가 무척이나 가볍게 쓰이고 있다는 생각도 든다. 이건 순전히 몇몇 글쓰기 아카데미 때문이다. 출판사에 글을 보내면서 국내에도 에이전트가 있다는 걸 알게 되었다. 그리고 그게 사실은 에이전트라는 이름하에 운영하는 '글쓰기 아카데미'에 가깝다는 것도. 아주 비싼 수강료를 받고 글을 첨삭하여, 투고하는 방법까지 일일이 가르쳐주는 형태의 글쓰기 아카데미. 심지어 원고의 주제와 목차와 제목까지 정해주고, 투고 시간까지 정해준다는 글쓰기 아카데미.

처음에는 호기심에 그런 사이트에 가서 '눈팅'도 해보았다. 한 글쓰기 아카데미의 대표는 어린 나이에 수만 권의 책을 읽고, 수백 권의 책을 썼다는 걸 자랑삼아 이야기했다. 글쓰기로 수백억의 부를 쌓았다며, 고급 스포츠카와 시계를 자랑하기도 했다. 그 모습이 웬만한 힙합 뮤지션 못지않았다.

그곳에서 어떤 식으로 글쓰기를 가르치는지는 모르겠지만 사이트 게시판에는 글쓰기를 배운 사람들이 투고 후 계약을 했다는 자랑 글이 많이 올라왔다. 그런데 보고 있자니 조금 이상했다. 어쩐지 출판 계약을 했다는 출판사가 대부분 같은 곳이었다. 그것도 투고 후 10분 만에 계약을 하자는 답장을 받고, 하루 만에 계약금을 받았단다.

보통의 제대로 된 출판사라면 10분 만에 투고 원고를 보고 계약을 하자는 정신 나간 곳은 없겠지. 아니,

글이 정말 좋으면 그럴 수도 있겠지만, 한 출판사가 여러 투고에 대해 꾸준히 그런 모습을 보인다면 그건 많이 이상한 게 아닌가?

글쓰기 아카데미의 수강료는 돈 천만 원이 넘었다. 5주 과정이란다. 그렇게 회원 열 명 정도를 받아서 책 한 권을 내주어도 손해 보는 건 없겠지. 오히려 아주 큰 이득이 남겠지. 그곳 회원들이 냈다는 책을 인터넷 서점에서 미리보기로 살펴봤다. 표지는 촌스럽고, 책의 첫 페이지부터 비문이 쏟아졌다. 서점에 배본되는 양을 보았더니, 광화문에 한 부. 자비 출판과 다름없어 보였다.

며칠간의 눈팅 끝에 큰돈 들여가며 그곳에서 글쓰기를 배운다는 사람들이 안타까우면서도 답답해 보였다. 누군가는 책을 내고자 하는 사람들의 꿈을 이용해 돈을 벌고 있었고, 누군가는 꿈을 이루기 위해 큰돈을 버리고 있었다. 재미나게도 그곳 회원들은 스스로를 모두 '천재 작가'로 부르고 있었다. 천재 작가 몇 기 누구누구, 이런 식으로. 자존감을 올리기 위한 수단이라던가. 뭐, 꿈을 이루기 위한 의식 확장? 역시 다시 생각해도 답답하다.

그곳에서 글쓰기를 배운 사람들이 낸 책은 대부분 자기계발서나 성공담이었다. 얼마 만에 얼마를 벌었다는 식의 글이 주를 이루었고, 누군가 소설이나 에세이를 쓰려고 하면, 그곳 대표는 문학은 때려치우고 일단 자기계발서를 써서 강연을 해야 한다고 가르친단다.

나는 글쓰기 아카데미는커녕 흔한 합평 한번 해본 적이 없다. 글쓰기라는 게 가르치고 배울 수 있는 건지도 의문이다. 문학을 하고자 하는 사람에게 자기계발서를 쓰게 하고, 책의 출간 목적을 강연에 두는 모임. 5주간의 글쓰기에 돈 천만 원을 쓰는 사람. 세상은 이해할 수 없는 것투성이다.

스스로 작가로 불리길 부끄러워하는 나는 자화자찬하며 서로를 천재 작가로 부르는 사람들을 보면서, 작가라는 이름의 무게감에 대해 생각했다. '작가'를 너무 무겁게 생각하는 사람이 있는가 하면, 너무나도 가볍게 쓰는 사람도 있다. 누군가 나를 작가라고 불러준다면, 그 이름에 누나 끼치지 않으면 좋겠다.

아, 내 주변에 누군가 돈 천만 원을 들여 글쓰기 아카데미에 들어간다는 사람이 있다면 말해주고 싶다. 글쓰기 아카데미 따위 접어두시고, 그 돈으로 당장 서점에 가서 글쓰기 관련 책 10만 원어치만 사서 보시라고. 나머지는 저금하시고, 소고기 사 드시라고. 글쓰기는 5주 만에 끝낼 수 있는 게 아닌 몹시도 튼튼한 체력이 필요한 일이기에.

editor S

글쓰기 연구소나 아카데미의 도움이 필요한 분들도 있을 겁니다. 다만 그 연구소의 틀에 박힌 포맷으로는 투고하지 않았으면 해요. 원고뿐 아니라 투고 형식에서도 작가의 개성이 드러나면 좋잖아요. 그리고 여러 출판사에 투고하는 건 좋지만 수신자 목록에 다른 출판사의 메일주소가 우르르 보이게 한꺼번에 보내는 건 금물입니다.

오탈자

자연발생설

글을 쓰는 사람이라고 해도, 세계적으로 명성을 떨치는 대작가라고 해도 언어학자가 아닌 이상은 맞춤법을 많이 틀리겠지. 분명 그럴 거라고 생각한다. 기상청 야유회 때 비가 내린다는 우스갯소리가 있듯이 아무리 글쓰기를 업으로 삼는 사람이라도 맞춤법과 띄어쓰기에 통달한 사람은 많지 않을 것이다.

실제로 온라인에 올라온 여러 작가의 글을 보면 헷갈리기 쉬운 맞춤법은 대체로 많이 틀리기도 하고, 특히 내가 가장 어려워하는 의존명사 띄어쓰기는 다른 작가들 역시 틀리게 쓰는 일이 많다.

10여 년 전 음악 웹진에 글을 쓰기 시작했을 때부터 원고를 쓰고 나서는 꼭 맞춤법 검사기를 돌린다. 인터넷에서 제공하는 몇몇 맞춤법 검사기를 사용하는 것인데, 이 맞춤법 검사기를 돌리고 나면 아, 이게 사는 건가 싶을 정도로 큰 절망감을 맛보기도 한다. 당연하다고 생각하며 썼던 단어들이 아예 틀려먹었거나 심지어는 뜻 자체가 다른 경우도 부지기수이기 때문이다.

그렇게 맞춤법 검사기를 돌리고 원고를 편집자에게 보내고 나면, 편집자는 원고를 교정하고 며칠 후 웹진에 등록한다. 물론 이때도 오탈자가 한 번씩 눈에 들어오기는 한다. 웹진 같은 인터넷 매체에서야 금세 고칠 수 있다지만, 책이라면 이야기가 달라진다.

어떤 출판사는 출간 후 심각한 오탈자에 스티커 작업을 했다고 하고, 또 어떠한 출판사에서는 손해를 감수하고서 책을 폐기 처분했다는 이야기까지 종종 들린다. 저자가 글을 쓰고 편집 작업을 하면서 최소 세 번 이상은 교정을 볼 것이고, 크로스 체크도 할 텐데. 그럼에도 발생하는 오밀자를 생각하면 끔찍한 마음과 함께 신기하다는 생각마저 든다.

많은 편집자들이 작업한 책의 출간본을 보며 '오탈

자 자연발생설'을 지지한다고 들었던데, 내 책이 나오
고 나서 이 '오탈자 자연발생설'을 업계의 정설로 믿기
로 했다.

헤밍웨이가 모든 초고는 쓰레기라고 했던가. 나는
초고를 쓸 때 틈틈이 맞춤법 검사기를 돌리는 편이라
초고와 퇴고 원고의 퀄리티가 그리 크게 차이 나진 않
는 편이다. 출간 작업을 할 때 역시 마찬가지였다. 글을
쓸 때 이미 수차례 봤고, 출간 계약 후에도 세 차례 이
상 교정을 봤기에 오탈자는 없으리라고 자신했다.

그런데 웬걸. 첫 책을 읽어준 지인이 어느 날 책에
오탈자가 있다고 알려주었다. 그가 단순히 착각한 것
이기를 바랐다. 그렇게 많이 봐온 원고인데, 나 혼자 본
것도 아니고 두 사람의 편집자가 번갈아 본 원고인데
어떻게 오탈자가 나올 수 있단 말인가.

하지만 내 기대감은 무너지고 말았다. 지인은 꼼꼼
하게 오탈자 부분에 동그라미까지 쳐서 알려주었는데
그 내용은 이랬다. 원래는, "저는 글 쓰면서 악플을 많
이 받지는 않았어요"라고 쓴 문장이었는데 어쩐지 책
에는 "저는 글 쓰면서 악플을 많지 받지는 않았어요"라

고 되어 있었다.

'많이'를 '많지'라고 쓴 것. 왜 이런 오탈자가 났는지 기억을 떠올려봤더니, 초고를 수정하면서 제대로 고치지 않은 것 같았다. "저는 글 쓰면서 악플이 많지는 않았어요"라고 썼던 문장을 다듬으면서 '많지'를 빠뜨린 채 수정한 것이 아니었을까…… 하는 의심이 그나마 합리적으로 보였다. 그렇지 않고서야, 이 오탈자는 설명이 안 된다. 역시 오탈자 자연발생설이 옳다는 것 외에는.

맞춤법 검사기를 10년째 쓰다 보니 글을 쓸수록, 틀리는 맞춤법이 점점 줄어들긴 한다. 참으로 고무적인 일이 아닐 수 없다. 한글 파일에서 글을 쓰다 보면 틀린 맞춤법 아래에는 빨간 줄이 자동으로 생겨서 그걸 없애기만 해도, 맞춤법 검사기를 돌릴 때에 꽤 괜찮은 성적이 나온다는 것도 알았다.

그럼에도 복병은 존재한다. 아예 다른 뜻으로 이해하고 단어를 쓸 때가 그렇다. '완곡하다'라는 표현이 그랬다. 어째서인지 나는 오랜 시간 '완곡하다'를 '철저하게, 단호하게, 여지가 없는' 같은 뜻으로 알고 있었다. 가령 누군가 '완곡한 거절'이라는 표현을 쓰면, 아주 차가운 느낌의 거절로 받아들인 것이다.

어느 날 담당 편집자와 메일을 주고받는데 그가 나에게 '완곡한 거절'이라는 단어를 사용했다. 편집자님이 거절을 완곡하게 하실 분이 아닌데……라는 생각과 함께 그제야 내가 알고 있던 '완곡'의 뜻이 틀릴 수도 있겠다는 생각이 들었다.

부랴부랴 사전에서 찾아본 '완곡하다'의 뜻은 '말하는 투가, 듣는 사람의 감정이 상하지 않도록 모나지 않고 부드럽다'였다. 내가 알고 있던 것과 180도 다른 뜻이었던 셈. 변명해보자면 기역 받침인 '곡'의 어감이 조금은 딱딱하게 느껴져서 그랬던 게 아닐까 싶기도 하고, 비슷하게 생긴 '완고하다'라는 단어 때문에 그리 생각해왔던 것 같기도 하다.

사전에서 '완곡하다'를 찾아본 그날, 아 편집자가 내 마음이 상하지 않도록 조심스럽게 이야기를 해주었던 거였구나 하는 고마운 마음과 함께 뒤늦게나마 단어의 본뜻을 알게 되어 다행이란 생각이 들었다.

출간 과정에서 편집자가 지적해준 단어도 있다. '목례'라는 단어다. 례가 한자어 예절 예禮이니, 당연히 목도 한자어 눈 목目일 텐데, 나는 이걸 목으로 가볍게 하는 인사라고 인식해왔다. 생각하면 당황스러울 정도의 착각이라서 지금도 가끔 부끄러움에 발로 이불을 찬다. 결국 편집자의 제안으로 원고에 썼던 '목례'라는 단어 대신에 '고개 숙여 인사했다'라는 문장으로 고칠 수 있었다.

평소 사전을 옆에 끼고 글을 쓴다는 사람들을 본다. 나는 그 정도는 아니고 글을 쓸 때 헷갈리는 단어가 있으면 틈틈이 인터넷 사전을 찾아보는 편이다. 다행히 내 책에 '완곡하다'라는 표현을 쓸 일은 없었고, '목례'는 교정 과정에서 고칠 수 있었다. 만약 이 단어들의 뜻을 모른 채 책에 썼다면 뜻과는 전혀 다른 인식을 독자들에게 심어줄 수도 있었겠다는 생각에 등줄기가 서늘해진다.

눈에 보이는 맞춤법뿐만 아니라, 그 단어가 가진 뜻까지도 저자는 정확히 알고 있어야 한다. 글을 쓰는 일, 그리고 책을 만드는 일은 이렇게나 어렵다. 10년째 맞춤법 검사기를 돌리고 있지만, 글 앞에선 여전히 작아진다. 단어의 본뜻을 알아가는 재미가 쌓이는 그 어느 날엔 맞춤법 검사기를 편하게 돌릴 수 있을까. 아마 그럴 수 있겠지?

(editor S)

아주 기본적인 단어를 잘못 써서 원고 자체에 대한 신뢰를 떨어뜨리거나 무슨 말을 하는 건지 한참 해독이 필요한 게 아니라면 작가가 맞춤법이나 띄어쓰기에 목을 맬 필요는 없어요. 맞춤법이나 띄어쓰기는 거기에 변태처럼 집착하는 편집자에게 맡겨주세요. 물론 그럼에도 불구하고 오탈자는 나오기 마련입니다만…….

읽어주는 사람을 만나는
기적 같은 일

서로 다른 공간에서 다른 시간을 살던 저자와 독자가
책을 매개로 만난다는 게 때로는 꿈결처럼 느껴진다.

신인이고 무명인 사람의 첫 책, 그것도 요즘 들어 판
매가 영 시원찮다는 소설 분야의 책이 화제가 되긴 어
려웠을 거다. 데뷔작을 출간한 직후에 대부분의 책 판
매는 지인들에게서 일어났던 거 같다. 누군가는 책을
여러 권 사주기도 했고, 입소문도 많이 내주겠다고 하
여, 새삼스레 고마운 마음이 들기도 했다.

책이 나오고 시간이 좀 지나서는 지인이 아닌, 전혀
다른 세계에서 살던, 그러니까 전에 알지 못하던 독자
들이 책을 읽어주기 시작했다. 누군가는 꼼꼼하게 서평

을 남겨주기도 했고, 또 누군가는 감동적인 책이었다며
SNS 친구 신청을 해오기도 했다.

　그중 유독 기억에 남는 한 사람이 있다. 나보다 열
살쯤 많은 그는 책의 서평을 남겨주는 것도 모자라 나
에게 책 선물까지 보내주었다. 독자에게 이런 걸 받아
도 되는 걸까, 싶었지만 다른 것도 아닌 책이었기에 흔
쾌히 받기로 했다. 책을 내고 독자에게 책 선물을 받다
니. 이렇게 아름다운 불로소득이 어디 있을까.

　그가 보내준 책은 시집이었다. 가끔 SNS에 읽었던
시집을 올리곤 했는데 그는 내 글이 무척이나 감성적이
니 시를 써보는 것도 좋겠다며, 세 권의 시집을 보내주
었다. 윤동주와 나태주, 그리고 자비출판으로 나온 한
무명 시인의 책이었다. 생각해보니 40년을 살면서 누군
가에게 시집 선물을 받아본 건 처음이었다.

　책을 선물한다는 것, 특히나 시집을 선물한다는 것
은 굉장히 의미 있는 일이 아닐까. 거기에는 '내가 보았
던 좋은 글을 너도 읽고서 좋아했으면 하는 마음'이 분
명 내포되어 있을 것이다. 같은 것을 보고 같은 것을 좋
아했으면 하는 그 마음의 아름다움을 잘 알기에 세 권

의 시집을 선물받은 그날만큼은 여느 아이돌 가수 부럽지 않은 스타가 된 기분이었다.

누군가에게 선물하는 것을 좋아한다. 어릴 때는 주로 음악 CD나 테이프를 선물했지만, 가끔은 책 선물도 했다. 지금 같은 집에 살고 있는 아내와 본격적인 연애를 하기 전에는 이외수 선생님이 쓴 책을 선물하기도 했는데, 그 책의 제목은 다름 아닌 《내가 너를 향해 흔들리는 순간》이었다. 책의 제목을 빌려 마음을 전달했던 것이다. 자고로 음악과 책만큼 마음을 건네기 좋은 것도 없으니까.

고마운, 너무나도 고마운 독자님의 책 선물을 받고서는 새삼 글쓰기에 대해 다시 생각하게 되었다. 아무리 좋은 글을 써도 읽어주는 이가 없다면 무용하다. 책을 내고 싶다는 생각이 간절하면서도 자비출판을 염두에 두지 않았던 이유는 오로지 내 글이 많은 독자들을 만날 수 있길 바라서였다. 물론 자비출판으로 웬만한 기획출판 못지않게 성공하는 사례도 몇 차례 봤지만, 거기에 내가 해당하진 않을 것 같았다.

독자님이 선물한 시집 하나는 자비출판으로 유명한

출판사에서 나온 책이었다. 책의 만듦새는 나빠 보이지 않았다. 평소라면 관심 두지 않았을 출판사의 책을 선물받은 덕에, 자비출판에 대한 선입견이 조금은 줄어들었다. 자비출판이든 기획출판이든 어쩌면 책은 운명적으로 누군가의 손에 쥐이기도 하는 듯하다.

처음에는 자아실현에 가까웠지만, 책을 낸 이후로는 출간의 목적이 조금 달라졌다. 원고 투고가 편집자의 눈에 들기 위함이라면, 책이 나오고 나서는 독자들을 향해 나아간다. 그 목적은 어쩌면 원고의 교정지를 받아드는 순간부터 달라지는지도 모르겠다. 글의 방향은 무궁무진하다. 요즘에는 대부분 전자책으로도 출간되기 때문에 국내 독자에게만이 아니라 세계 어디에서나 읽힐 수 있다. 일기가 아닌 이상 글쓰기는 독자가 있기 때문에 가능한 일.

독자님에게 시집을 선물받았다고 해서 내가 당장 대단한 시를 써내진 못하겠지만, 가끔은 나를 위한 글이 아닌 독자들이 원하는 글을 써보고 싶다는 생각이 들기도 한다. 책은 책을 낳고, 글은 또 다른 글을 낳는 법이니까, 그가 선물한 시집을 읽으면 분명 내 글쓰기 인생에 도움이 되겠지.

책과 서평을 오가며 독자와 소통하는 시간이 무척이나 즐겁다. 그런 시간 속에서 저자와 독자는 좋은 에너지를 주고받으며 더 나은 삶을 꾸려나갈 수 있지 않을까.

독자님으로부터 세 권의 시집이 내 손에, 내 마음속에 들어온 그날을 오랜 시간 잊지 못할 것 같다.

그리고 지금까지 잘해왔다는 생각이 들었다.

글을 쓰기를, 책을 내기를 정말 잘했다는 생각.

editor S

단 한 명의 독자라도 책을 읽고 깊이 좋은 느낌을 받았다면 그것만으로도 충분한 보상이라는 생각을 하곤 합니다. 언제나 단군 이래 최대 불황이라는 출판계지만 어딘가에는 늘 있어주시는 독자님들, 그런 의미에서, 감사합니다.

쓰고 만드는,
바보 같은
이들에게

2019년 한 출판사와 미팅 때 있었던 일입니다. 데뷔작 원고는 출간 계약을 맺기 전에 몇몇 출판사에서 관심을 주기도 했는데요. 그중 W출판사와 있었던 일입니다. W출판사에서는 투고를 하고 석 달이 지나서야 답이 왔습니다. 당시 W는 신생 출판사라 신인 저자에 대해 많은 고민을 할 수밖에 없었고, 그래도 책으로 낼 만한 가치가 있다고 판단하여 뒤늦게 미팅을 제안한다고요.

약속 장소는 합정역 교보문고 근처였습니다. 출판사 사람들은 허구한 날 책에 둘러싸여 살 텐데, 왜 하필이면 약속 장소도 이렇게 책방 근처로 잡는 걸까요. 평일

저녁이었습니다. 출판사에서는 편집자와 마케터가 함께 나왔습니다. 미리 저녁 먹을 장소를 예약해둔 것은 아니라서 출판사 사람들은 저를 이끌고 이리저리 돌아다녀야만 했습니다. 합정의 밤거리는 번잡했습니다. 대책 없어 보이는 그들의 행동이 싫지 않았어요.

결국 우리는 한참을 돌아다니다 어느 건물 2층에 위치한 퓨전 중식집에 들어갔습니다. 한 유명 작가는 칼럼에서 첫 미팅 때 중국집으로 이끄는 출판사는 센스가 없다고 쓴 적이 있는데요. 출간이 고팠던 저는 중국집은커녕 길거리에서 떡볶이를 사준다 한들 마다하지 않았을 거예요. 그곳에서 탕수육과 짜장면 등을 시키고서는 칭다오 맥주도 한 병 시켰습니다. 마케터와 편집자 두 분 모두 저보다는 연배가 높았습니다. 초면인 저는 고개를 돌려 술 한 잔을 마셨고, 출판사 사람들은 저에게 "아이고, 작가님. 고개 돌리지 말고 편하게 드세요. 편하게"라며 챙겨주었습니다.

식당은 조금 시끄러웠습니다. 책 이야기를 나누기에는 적당치 않은 장소였어요. 우리는 재빨리 식사를 마치고는 본격적으로 원고 이야기를 나누기 위해 커피숍

을 찾아, 또 헤맸습니다. 한 복합상가 건물 지하에서 1층
으로 올라가는 에스컬레이터에 나란히 몸을 실었습니다. 서로의 뒤통수를 보며 남자 세 명이서 오르다 보니, 방금까지 우리가 위치했던 지하에 있는 커피숍이 눈에 띄었습니다.

"아, 저기 커피숍 있네."

커피숍을 발견한 누군가의 말에 결국 우리는 1층으로 올라가자마자 다시 원래 있던 지하로 내려가는 에스컬레이터를 탔습니다. 또다시 서로의 뒤통수를 보며 한 줄로 나란히 서서요. 그 모습이 마치 발리우드 영화 〈세 얼간이〉 속 주인공들 같았습니다.

인테리어의 절반이 핑크로 도배된 커피숍에서 편집자와 마케터는 따뜻한 커피를, 그리고 저는 차가운 아메리카노를 시켰습니다.

커피를 마시며 여러 작가나 책 이야기를 나눌 수 있어서 좋았어요. 누군가는 김연수 작가에 대한 이야기를 했고, 누군가는 황석영 작가에 대한 이야기를 했습니다. 또 누군가는 무라카미 하루키에 대해 이야기했고요. 한참을 이야기하다가 제 원고에 대한 이야기를 나누기 시작했습니다.

좁은 테이블 위에는 석 잔의 커피가 있었고, 테이블에는 군데군데 물기가 묻어 있었어요. 편집자는 미리 출력해 온 종이 뭉치를 물기를 피해 조심스레 탁자 위에 올려놓았습니다.

A4 규격의 종이 뭉치에는 다름 아닌 제가 쓴 글이 있었습니다. 제가 쓴 원고였어요. 이면지가 아닌 깨끗한 종이였습니다. 종이 뭉치를 보고서는 묻고 싶었어요. 편집자님, 제 원고를 출력하는 데 종이가 아깝지 않던가요. 잉크가 아깝지 않던가요. 제 글이, 제 원고가 그럴 만한 가치가 있던가요.

미팅 때 편집자가 하신 말씀이 잊히지 않습니다.

출판업은 사양산업이며, 심지어 학교에서 책을 읽으면 왕따가 되는 세상이라고 했습니다. 그럼에도 여전히 책을 만드는 자신과 책을 파는 마케터는 바보라고 했습니다. 편집자는 저를 가리켜 "이곳에 발을 들인 작가님도 바보가 되는 것"이라고 했습니다. 우리는 모두 바보라고 했습니다.

고백하자면, 사양산업이나 바보라는 단어보다 편집자가 불러준 '작가님'이라는 호칭에 마음이 더 동하고 말았습니다. 이미 우리는 에스컬레이터에서 바보 같은 모습을 보이지 않았던가요. 책을 낼 수 있다면, 그리하여 작가가 될 수 있다면 얼마든지 바보가 될 수 있노라고, 흔쾌히 바보가 되고 싶다고 생각했습니다.

그날 편집자와 합정역에서 헤어지면서 물었습니다.
"편집자님. 그러면 저, 이제 다른 출판사에 투고 안 해도 괜찮을까요?"
편집자는, "네, 작가님. 이제 투고하지 마세요. 저희랑 책 내시죠"라고 해주었습니다.

하지만 W출판사와 계약을 맺는 일은 일어나지 않았습니다. 당시 W출판사는 편집자와 마케터가 공동 대표로 있었는데, 원고 계약을 앞두고 두 분의 동업은 깨지고 말았습니다. W출판사에서는 편집자가 퇴사를 하고, 마케터가 대표로 남아 있기로 했습니다. 저는 줄곧 편집자와 원고 이야기를 나누었기에, 마케터만 남은 출판사와 굳이 원고 계약을 하고 싶진 않았습니다.

그 후에 다시 여러 출판사에 투고를 했고 S출판사와 계약을 맺은 후 데뷔작을 낼 수 있었습니다. 그럼에도 그날 합정의 밤거리는 좋은 기억으로 남아 있습니다. 당신들보다 어린 사람임에도 고개 돌리지 말고 편하게

술을 마시라고 해준 것도 좋았고요. 대책 없이 식당과 커피숍을 찾아 헤매던 그 시간도 좋았습니다. 무엇보다 저를 바보라고, 작가라고 불러준 것이 좋았습니다.

글을 쓰고 다듬고 책을 만들어 파는 일은, 지금 세상에 생각해보면 정말 바보 같은 일인지도 모릅니다. 세상에는 책 말고도 재미난 것이 너무나 많기 때문일 거예요. 가끔 글쓰기 관련 커뮤니티에 올라오는 글을 보면 여전히 세상에는 바보 같은 사람들이 참 많구나 싶습니다. 며칠 전에는 한 출간 작가가 작가 인증이라며 쓴 글을 보았습니다. 많은 사람이 축하해주는 모습을 보니 저 또한 몹시 흐뭇했습니다.

책을 내는 일 그리고 책을 내기 위해 글을 쓰는 것은 분명 괴롭고도 즐거운 일입니다. 조금은 바보 같은 일이겠지만요. 그럼에도 많은 사람들이 꾸준히 바보짓을 하며 살면 좋겠습니다. 합정의 밤거리를 함께했던 편집자 같은 분들이 계시는 한, 바보들은 꾸준히 바보짓을 하며 살 수 있을 거예요. 부디, 그랬으면 좋겠습니다.

3장

글쓰기의
기쁨과
슬픔

물론 이 즐거움의 반대편에는 내가 쓰는 글에 가치가 있나, 재미는 있나, 감동이 있나, 내 의도대로 읽힐까 하는 두려움이 존재한다. 글을 쓰는 시간 앞뒤로는 외로움과 절망이 가득하다. 그럼에도 머릿속에서는 하고픈 말들이 피어난다.

몹시도
외로운 일이지만

서점에 들렀다. 이런저런 책을 보다가 눈에 띄는 제목이 있어 하나를 들고 왔다. 《작가의 책상》이라는 제목이었는데, 여러 작가의 책상 사진과 함께 글쓰기와 관련된 짧은 글이 수록된 책이었다. 영감으로 가득했을 여러 작가의 책상 사진을 보는 것도 좋았고, 각기 색깔이 다른 작가들의 글을 보는 것도 즐거웠다.

그중 1998년에 생을 달리한 작가 도로시 웨스트의 글이 무척이나 인상적이었다.

내가 일곱 살이었을 때, 나는 엄마한테 말했어. 방문을 닫아도 될까요? 엄마가 대답하셨어. 물론이지. 그런데 왜 방문을 닫으려고 하니? 나는 이렇게 말했어.

생각을 하고 싶어서요.

그리고 열한 살 때 엄마한테 말했지. 방문을 잠가도 될까
요? 엄마가 말씀하셨어. 그렇게 하려무나. 그런데 방문을
왜 잠그려고 하니? 그때 나는 이렇게 대답했지.

글을 쓰려고요.*

　도로시 웨스트의 글을 읽는데 많이도 울컥했다. 왜
그러했는지는 설명할 길이 없다. 문을 닫고 잠그는 것
을 허락해준 도로시 웨스트의 엄마 때문인지, 겨우 열
한 살의 나이에 글쓰기라는 외로움 속으로 들어가려는
도로시 웨스트의 말 때문인지.

　그게 뭐든 좋은 글이었다. 버지니아 울프는 글을 쓰
는 여성에게는 '자기만의 방'이 있어야 한다고 말했다.
여성이든 남성이든 글을 쓰는 사람에게는 자기만의 공
간이 분명 필요할 것이다. 그리고 그 방 안에서 어떠한
일이 벌어질지는 알 수 없다. 영감이 쏟아져 나온다면
즐거이 글을 쓸 수 있겠지만, 보통은 아주 외롭고 괴로

* 질 크레멘츠, 《작가의 책상》, 위즈덤하우스, 2018, p. 50

운 시간을 흘려보내겠지.

일곱 살 나이에 생각을 하기 위해 방문을 닫고, 또 열한 살 나이에 글을 쓰기 위해 방문을 잠갔다는 도로시 웨스트의 글을 보면서 작가의 외로움을 떠올렸다. 방문을 잠근 도로시 웨스트가 다시 방문을 열고 세상 밖으로 나오는 모습을 떠올렸다. 그때 그의 나이는 몇이나 되었을까. 그 시간의 흐름만큼 성장할 수 있었을까.

나는 첫 책이 나오고 나서야 부모님에게 말씀을 드렸다. 그전까지 부모님은 내가 컴퓨터 앞에 앉아 대체 뭘 그렇게 하는지 전혀 알 수 없었겠지. 출간을 하고 가족이 모인 날, 책이 나왔다는 사실을 부모님보다 며칠 일찍 알게 된 형이 케이크를 하나 사 왔다. 출판사에서 저자 증정본으로 보내준 책 일부를 부모님께 드리고, 그제야 나는 책이 나왔다는 말씀을 드릴 수 있었다.

"아이고, 야야. 책 나오면 동네서 잔치를 벌인다 카더마는……."

엄마는 조금 놀란 듯했고, 나는 잔치는 무슨 잔치냐며 대수롭지 않게 반응했다. 며칠 후 엄마는 책을 읽고서는 나에게 문자를 하나 보냈는데, 앞뒤 설명 없이 '미

안하다'라는 말만 있었다. 엄마가 나에게 왜 미안해하
는지 알 수 없어서 아내에게 문자를 보여주고 엄마가
왜 이러신 건지 이유를 물어봐야만 했다.

아내는 아마도 당신의 아들이 가지고 있었을 글쓰기
재능을 일찍이 알아보지 못한 게 미안하셨던 것 아닐
까,라고 말해주었다. 아내의 말을 듣고는 조금 웃을 수
밖에 없었는데, 엄마가 아닌, 엄마의 할아버지였더라도
내가 글쓰기를 좋아한다는 사실은 알지 못했을 것이다.
나에게 과연 글쓰기 '재능'이라는 게 있는지 지금의 나
조차도 알 수 없는 일이다.

나는 도로시 웨스트처럼 방 안에 나를 가둬놓지도
않았고, 물론 문을 걸어 잠근 일도 없다. 글쓰기라는 외
로움 속으로 빠져들게 된 건 서른 이후에나 겪은 일이
었기에 엄마의 미안하다는 말에 나는 또 무심히도, 엄
마가 뭐가 미안하냐는 투로 대답할 수밖에 없었다.

도로시 웨스트처럼 아주 어린 나이에 글을 쓰기 위
해 방문을 잠근다고 했다면, 엄마는 허락해주었을까.
그리고 내 아이들이 훗날 방문을 걸어 잠근다고 한다면
나는 그러라고 말해줄 수 있을까. 그게 외로운 시간으
로 가득한 글쓰기를 위한 일이라면.

책을 보다 문득 《작가의 책상》에서 본 작가들의 멋진 책상이 나에게는 없다는 사실도 깨달았다. 나의 글쓰기는 주로 회사 사무실에서 이루어진다. 온갖 잡다한 서류 틈에서 나는 시간을 쪼개 낡은 키보드를 두드린다. 훗날 글쓰기 인생이 잘 풀려 전업 작가가 된다면 그때는 여느 작가들처럼 방문을 닫고 홀로 방 안에서 글을 쓰게 될지, 아니면 카페에 앉아 글을 쓰게 될지 모르겠다.

글을 쓰는 장소가 어디든, 글쓰기에는 분명 혼자만의 시간이 필요하며 그건 무척이나 외롭고도 힘겨운 일이다. 도로시 웨스트가 방 안으로 들어가서 다시 방문을 열고 나왔을 때, 그는 분명 자신을 둘러싼 껍질을 깨어냈겠지. 그 껍질이 얼마만큼 두꺼운지는 알 수 없다. 때로는 달걀 껍데기처럼 얇을 수도 있을 테고, 때로는 콘크리트 덩어리처럼 두꺼울 수도 있겠지.

글을 쓰는 사람들은 모두 각자의 껍질을 깨고서야 세상에 나올 수 있을 것이다. 그리고 그 껍질을 깨버리고 나면 새로운 껍질이 글쓴이 주변에 생겨나는 듯하다. 방 안에 들어가서, 껍질을 깨어내고, 방문을 여는 일. 그러고는 다시 방 안으로 들어가는 일. 꾸준히 글을 쓰는 사람에겐 필수적으로 일어나는 반복의 삶이다. 나 역시 사무실 책상에 앉아 조금씩 세상을 향해 껍질을 깨어낸다. 다시 생각해도 이 반복의 일은 몹시도 외롭다.

　이 외로움에서 벗어나기 위해서 내가 할 수 있는 일은 안타깝게도 두 가지밖에 없다. 포기하거나, 글을 쓰거나. 이 싸움은 의외로 쉽게 승부가 난다. 나는 별다른 고민 없이 후자를 택한다. 쓰는 고통보다 쓰지 않는 고통이 몇 곱절은 더 심하다는 것을 알기에.

editor S

써야 하는 사람은 써야 한다는 말. 외롭고 쓸쓸하지만 '쓰는 나'를 좋아하는 사람들이 바로 작가겠지요. 부디 모두들 외로움에 지지 않고 오늘도 건필하시기를.

승마와
글쓰기

나는 어떤 일이든 대체로 크게 관심이 없고 심드렁한 편인데, 가령 동물원의 동물을 볼 때도 그다지 멋지다, 귀엽다, 신기하다 하는 느낌이 들지 않는다. 다만 말을 볼 때는 어쩐지 우직하면서도 세련된 느낌이 있어, 오로지 말만 뛰노는 원당 종마공원이나 피폐한 노름꾼들로 득실한 과천 경마공원을 찾아가기도 했었다.

　부전자전일까. 큰아이가 승마 체험을 하는 친구를 따라갔다가 조르는 통에, 결국 아내는 아이에게 승마 체험 10회권을 끊어주었다. 아이가 다섯 번째로 말을 타기로 한 날은 주말이었기에 함께 따라가봤다. 인천 계양구에 있는 한 승마공원. 공원 앞으로는 한적한 시골길의 차도가 있었고, 그 뒤로는 군부대가 있었다.

고등학교 시절, 승마만 배워도 대학에 갈 수 있다는 말이 있었다. 재벌 자식 정도나 돼야 취미 삼아 말을 탈 수 있었는데, 그다지 가진 것 없는 나도 아이에게 승마 체험권을 끊어줄 정도가 되었으니 뭐든 시간이 지나면 대중 친화적이 되는 것도 같다.

그렇다고 승마 체험권이 싸다는 이야기는 아니고, 비싸다. 꽤나 비싼데 어쨌거나 10회에 해당하는 돈을 지불했으니, 아들이 즐기면서 말을 타주면 그만이겠다. 아들아, 어미는 떡을 썰 테니 너는 글을 쓰거라, 했던 한석봉의 모친이 된 기분이다. 아들아, 너는 말을 타거라. 애비는 야근을 하겠다.

이른 나이에 무언가를 체험하는 아이가 가끔 부럽기도 하다. 아들이 말을 처음 타본 나이에 나 역시 말을 타긴 했다. 진짜 말은 아니고, 이름 모를 아저씨가 동네 골목길 안쪽까지 끌고 온 리어카에 스프링으로 매달려 위아래로 움직이는 장난감 말이었지만. 그마저도 매일 탈 수는 없었고 엄마를 한참 졸라야만 탈 수 있었다.

나는 비행기도 서른이 되어 신혼여행 갈 때나 처음

타봤는데, 아이는 24개월이 되기도 전에 비행을 경험했다. 물론 기억에 남아 있지는 않겠지마는.

인터넷이 생겨나기 전 어린 시절에는 스포츠 신문을 즐겨 봤다. 요즘에도 그런지 모르겠지만 경마 관련 지면에는 경주마의 이름이 쭉 나열되어 있었는데, 그 말들의 이름을 보는 재미가 꽤 쏠쏠했다. 때로는 명사로 때로는 형용사로 지어진 이름이 퍽 재밌고 멋졌다.

아들을 따라간 승마공원에서 본 말들의 이름도 재밌었다. 보카치오, 브렌따노, 로망, 태양이 뭐 이런 것이었는데 귀에 아주 쏙쏙 박혔다. 보카치오라는 말 곁에는 왠지 데카메론이라는 말도 있을 것 같았는데 그렇지는 않았다.

사람이 올라타면 말들도 소화가 되는 건지, 안장 위에 사람을 태우고 가볍게 달리던 말이 걸음마다 똥을 누는 모습이 인상적이었다. 한 일곱 걸음을 떼는데 똥덩어리가 일곱 번 떨어진다. 말타기 선생이 말이 지나간 걸음마다 따라가 똥을 치우는데 한 바가지가 나왔다.

또 말이 오줌을 누는 모습을 보면 그렇게 속이 시원할 수가 없다. 콸콸콸. 콸콸콸. 쏟아지는 오줌 줄기를 보면 막힘이 없다. 코끼리가 소변보는 모습도 비슷하

다. 말이나 코끼리는 조련사 몰래 소팔메토라도 찾아
먹는 건가.

 아이가 말을 타는 동안, 말타기 선생이 다가와서 미
주알고주알 설명을 한다. 사람이 말을 타는 모습을 옆
에서 보고 있노라면 참 쉬워 보이는데, 말 위에서는 그
움직임이 무척이나 심하다고 한다. 고삐를 움켜잡고 양
쪽 다리 안쪽으로 꾸준히 힘을 주어야 한단다. 그래서
처음 말을 타본 사람들은 다음 날 계단을 오르내리기도
힘들다고 했다. 척추를 곧추세우고 말이 움직일 때마다
같이 상하 반동을 줘야 수월하게 말을 탈 수 있는데 그
경지까지 오르는 데는 오랜 시간이 걸린다고 했다.

 실제로 말 위에 있는 사람들은 겉으로는 별 어려움
이 없어 보였다. 40분간의 승마 체험을 마친 아들에게
정말 고삐를 잡고 있던 손에 힘이 들어갔는지, 안쪽 다
리에 계속 힘을 줬는지 물었더니 그렇다는 대답이 돌아
왔다. 아이는 말을 타는 것은 재미있지만 힘이 많이 든
다고도 했다.

 아들의 말을 듣고는 호숫가의 오리를 떠올렸다. 느긋
하게 움직이는 듯한 오리들도 사실 수면 아래로는 끊임

없이 물장구를 친다고 한다. 사람은 눈에 보이는 것만 믿곤 한다. 하지만 말을 타는 사람이나 잔잔한 호숫가의 오리가 한없이 느긋해 보일 때도 그들은 정신을 단단히 무장하고 앞으로 나아가고 있을 확률이 높다.

겉보기와 실제가 다른 건 글쓰기도 마찬가지다. 글이라는 게 그저 머릿속에 들어 있는 생각을 말하듯 적어내면 그만인 것 같지만 막상 써보면 여기저기에서 꼬이기 십상이다. 주어와 서술어의 호응이 엉망인 경우는 부지기수이고, 썼던 단어를 문장 안에서 반복하는 일도 많다.

글을 쓰고 누군가 읽어줄 때 술술 읽힌다는 피드백이 가장 듣기 좋다. 그렇게 쉽게 읽히는 글을 쓸 때는 내가 키보드와 함께 좋은 호흡을 맞출 때가 대부분이다. 말을 타는 기수가 말의 움직임에 따라 위아래로 반동을 주듯이, 나 역시 새하얀 화면에 글을 써가면서 키보드와 호흡을 맞춘다.

너무 빠르면 글이 꼬이고, 너무 느리면 생각이 막힌다. 탁탁 타다닥, 탁탁 타다닥. 누군가 읽기 편하다고 얘기해주는 글을 쓸 때는 보통 이런 리듬으로 작업을 한다. 탁탁 타다닥, 탁탁 타다닥. 이 소리가 마치 다리 네 개 달린 말이 달리는 소리와 비슷한 것 같기도 하다. 탁탁 타다닥, 탁탁 타다닥.

  아이와 달리 나에게는 같이 호흡할 근사한 말이 없지만, 세상 어디로든 나아갈 수 있는 키보드가 있다. 키보드와 함께 호흡한다는 게 겉으로는 무척이나 쉬워 보일지 모르겠다. 정작 글을 쓰는 나는 막막함이 몰려와 시원하게 뚫어버리고 싶을 때가 있다. 그럴 때면 손가락에 소팔메토라도 묻혀야 하나 싶은 심정이다.

뼈를 깎는
고통으로

중학생 때 병실에 앉아 울었다. 같은 날 입원했던 초등학생이 먼저 퇴원하면서 나를 약 올렸기 때문이다. 그 초등학생과 나는 같은 병으로 입원하고 수술을 했는데, 나는 한참 뒤에야 퇴원을 할 수 있었다. 조금이라도 빨리 바깥공기를 마시게 된 그 어린아이가 부러워서 나는 울어야만 했다. 초딩에게 질투를 느껴 눈물을 흘리다니, 유리 멘털이 따로 없다.

유년 시절부터 코가 막히고 두통이 심했다. 축농증이었다. 축농증으로 인한 입원과 수술과 퇴원까지는 보통 이틀, 길면 사흘 정도 걸린다고 했지만 나는 병원에서 일주일을 지냈다. 수술 후에 엄마가 몸에 좋은 소고기라며 먹인 덩어리는 느끼했다. 그게 과연 소고기였는지, 개고기였는지는 여전히 엄마에게 묻지 못했다.

그때 울었던 이유는 집에 가고 싶었고, 바깥에 나가 놀고 싶었기 때문이지 몸이 아파서는 아니었다. 육체적 고통을 나름 잘 참는다고 생각하는 편이다. 당시 주치의는 자기가 본 환자 중에 나만큼 병세가 심한 사례는 드물다고 했다. 예나 지금이나 감수성 충만한 중2병들은 자신의 아픔조차 삶의 훈장으로 삼기에 병원에서 보낸 일주일 동안 아파서 괴로운 적은 별로 없다. 수술이야 전신마취로 정신을 잃었을 때 일어난 일이고, 깨어났을 때 얼굴 주변에 피가 가득해서 놀랐을 뿐이지, 아프진 않았다. 오히려 수술 이후가 조금 괴로웠다. 그것역시 육체적 고통이라기보다는 시각적인 고통이었다.

나야 의사가 아니라서 자세히 설명할 수 없지만, 축농증 수술이란 콧구멍 안쪽에 있는 물혹을 떼어내고 염증을 긁어내는 일이다. 그 과정은 물론, 환자가 마취 상태에 있을 때 벌어진다. 수술 후에 정신을 차린 다음 날엔 콧구멍 안쪽으로 관 형태의 철심 같은 것을 박는다. 그리고 그 관 안으로 식염수가 담긴 주사를 쏜다. 확실히 주사를 '놓는다'보다는 '쏜다'는 표현이 맞는 거 같

다. 내가 할 수 있는 일이라곤 까만색 비닐봉지를 턱 아
래에 받쳐두고 반대쪽 콧구멍과 입에서 뿜어져 나오는
식염수를 조금이라도 덜 흘리는 것뿐이었다.

　한쪽에 여러 번의 주사를 쏘고는 반대쪽 코에 철심
을 박고서 같은 일을 반복하면 축농증 수술 후의 세척
이 끝난다. 그 짓을 3일을 걸쳐서 했다. 아, 이거 남들
눈에 좀 더러워 보이겠는데 싫었지만, 그리 아프진 않
았다. 주치의는 "어휴 이렇게 잘 참는 사람 많이 없는
데, 아주 장군이네"라고 칭찬해주었다. 삶의 훈장이 하
나 더 늘었다.

　중학생 때 일주일간 입원했던 이후로는 병원에 크게
신세 지는 일 없이 살았다. 가족력이 있는 고혈압 약은
자연스레 받아들이게 되었고, 두통과 치통이야 사람이
라면 누구나 겪을 수 있는 보편적인 아픔 아닌가. 살면
서 몸이 가장 아픈 경험은 30대 중반에 찾아왔다. 이유
를 모르는 아픔은 두려움까지 동반한다.

　자고 일어났는데 왼쪽 엄지발가락 부근을 잘라내고
싶었다. 뼈 안쪽까지 고통이 전해져 소리 낼 수도, 움직
일 수도 없었다. 날카로운 바늘 여러 개가 동시에 찔러

대는 느낌이었다. 가시밭길도 좋은 표현이 될 수 있겠다. 가시밭길이 있다면 그걸 뒤집어서 내 발 위에 올려놓고 수 톤의 코끼리가 누르는 느낌이었다. 기다시피해서 병원에 갔더니 통풍이라고 했다. 바람만 불어도 아파서 그런 이름이 붙었다고 했다.

육체적 고통을 잘 버틴다고 자부했지만 뼛속을 찔러대는 아픔은 견디기 어려웠다. 살면서 느껴본 가장 커다란 고통이다. 윤태호의 만화 《파인》에는 통풍 환자가 작두로 엄지발가락을 자를까 말까 고민하는 장면이 나온다. 같은 병을 겪어본 나로서는 공감하지 않을 수 없었다.

어느 해 출판사에 글을 보내고 답장을 받았다. 답장을 준 편집자는 원고가 책이 되기 위해서는 '뼈를 깎는 고통'으로 글을 써야 한다고 했다. 절차탁마라는 사자성어까지 더해진 반려 메일이었다. 하아. 뼈를 깎는 고통이라. '내가 해봐서 아는데'라는 표현을 쓰고 싶진 않지만 뼈를 깎는 것과 비슷한 수준의 고통을 겪어본 나로서는 반려 메일을 받고서 처음 통풍 발작이 오던 날이 떠올라 끔찍했다.

《삼국지》에서 관우는 어깨에 상처를 입고 명의 화타에게 몸을 맡긴다. 마취 없이 생살을 도려내고 뼈를 깎아낸 후 환부를 치료하는 그 시간에 관우는 태연하게 장기인지 바둑인지를 둔다. 중국인 특유의 허풍, 뭐 그러한 게 실제로 존재한다면 관우와 화타의 일화에는 분명 상당량의 허풍이 들어간 거겠지. 통풍 환자인 나는 마취 없이 생살을 찢고 뼈를 깎아내는 모습이 상상이 안 된다.

원고를 책으로 내기 위해서는 정말 뼈를 깎는 고통이 수반되어야 할까. 그 정도까지 해야 되는 걸까. 출간을 목표로 하면서 머리에서 글을 벗어내본 적이 별로 없다. 다만 가끔씩 찾아오는 통풍 발작에는 아무것도 할 수 없고, 생각조차 할 수 없다. 그럴 때는 그저 몸져누워 있고 싶다. 당연히 글을 쓰고 싶다는 생각도 들지 않는다.

글쓰기는 육체적, 정신적 고통을 안겨주지만 즐거움도 못지않다. 고통조차 삶의 훈장으로 여겼던 중2병은 일찌감치 떨쳐낸바, 나는 뼈를 깎는 고통으로 글을 써야 한다는 피드백에 대체 책이 뭐라고, 대체 글이 뭐라고 이럴까 싶었다.

 나는 그 정도로 글 쓸 자신은 없는데. 뼈를 깎는 고통
과 비슷한 고통을 어렴풋이는 알고 있어서. 물론 내게
반려 메일을 준 사람의 뜻도 그 정도까지는 아니었을
거라고 믿는다. 책으로 만들 정도의 원고를 쓰기 위해
서는 그만큼의 노력과 성의가 필요하다는 뜻이었겠지.

 그러니 글쓰기라는 거, 책 쓰기라는 거. 뼈를 깎는 고
통까지는 말고, 콧구멍에 철심을 박고 주사를 쏘는 고
통, 뭐 그래, 그 정도로만 하는 게 어떻겠냐고, 그쯤은
얼마든지 인정할 수 있다고 얘기하고 싶다. 그런 정도
의 고통이야, 글을 쓰고 다듬는 시간에 수시로 접할 수
있으니까.

editor S

'뼈를 깎는 고통'보다는 적확한 표현을 해냈을 때의 가슴 찌르르한 희열, 문장
이 제자리를 찾아갔을 때의 쾌감, 하나의 글에서 말하고자 하는 바를 잘 드러
냈다는 뿌듯함…… 그런 걸 작가님들이 더 많이 느꼈으면 합니다. 글쓴이의
그런 느낌은 독자에게도 고스란히 전해지는 법이기에.

퇴고의 법칙,
피가 나는가

가끔은 작법서 한 권보다 글쓰기에 관한 짧은 명언이 더 도움이 될 때가 있다. 짧고 명쾌한 문장은 의외로 생각할 거리를 많이 안겨준다. 실제로 나는 이렇다 할 작법서를 많이 보진 않았고, 머릿속에 간직하고 있는 글쓰기 팁 대부분은 글쓰기라는 삶 속에 앞서 뛰어든 사람들의 명언이다.

데뷔작을 계약하고 글을 수정할 때 큰 도움이 됐던 글이 있다. 데뷔작뿐만 아니라 모든 원고를 수정할 때 염두에 두는 글이다. 나는 은유 작가의 인터뷰집《출판하는 마음》의 서문에서 봤는데, 링컨 슈스터라는 사람이《편집의 정석》이라는 책에서 한 말이었다.

아무 페이지나 찔렀을 때 피가 나는가? 한 단락을 건너뛰었을 때 경험을 놓쳤다는 생각이 드는가?*

오늘도 이 말을 생각하며 원고를 고친다. 책이 나오고 훗날 아무 페이지나 열었을 때 아, 그래, 이 문장을 대체할 말은 아무것도 없지, 이 단락은 도저히 뺄 수 없는 내용이야, 하는 생각이 들 수 있도록 글을 고치는 것이다.

트레이시 슈발리에의 명언도 아낀다. 그는 "없애는 건, 남아 있는 걸 응축시킨다"라고 말했다. 형용사나 부사의 사용을 자제하라는 많은 이의 팁 역시 트레이시 슈발리에의 말과 다르지 않을 거라 생각한다.

언젠가 법이 존재하는 까닭은 법이 없어도 괜찮은 세상을 살아가기 위함이라는 말을 들었다. 법의 궁극적인 목적은 법이 없는 세상이라나. 실현 불가능한 말이겠지만, 그 함의만큼은 꽤나 멋있었다. 가끔은 글도 마찬가지가 아닐까 싶다. 사랑에 관한 글을 쓰고 불필요하다고 생각하는 모든 글을 지우고 '사랑' 딱 두 글자만

* 은유,《출판하는 마음》, 제철소, 2018, p. 18

남겨놓아도 좋지 않을까 하는 생각이 드는 날이 있다. 그러니까 이건 퇴고에 대한 이야기다.

편집자라는 사람들을 만나 이야기 나눠보면 대부분 글은 늘리는 것보다 줄이는 게 어렵다고 했다. 이 말을 처음 들었을 때 이해가 가질 않았다. 줄이는 거야 가지치기하듯 쳐내면 그만 아닌가. 이미 마침표를 찍은 글을 늘리기가 나는 훨씬 어려웠다. 지금도 글을 늘려 쓰는 일은 쉽지 않다. 꼭 필요한 단어와 문장, 그렇게 몇 개의 문단으로 이루어진 한 꼭지를 만들고 생각만큼 여백을 채우지 못한 날에는 머리가 아파온다.

어린 시절 TV 드라마에선 원고지에 몇 자 적지도 않고서 종이를 구겨 머리 뒤로 던지는 작가의 모습이 나왔다. 그 장면을 보면서 종이가 아깝다는 생각이 들었다. 끔찍한 악필인 내가 육필로 글을 썼다면 원고지를 많이 버렸겠지. 기술이 발달하고 원고지가 아닌 키보드 타이핑으로 글을 쓰게 되어 다행이란 생각이 든다.

한글 프로그램에 원고를 쓰고 저장하기 전에 '파일' 메뉴를 눌러 '문서 정보'의 통계를 보곤 한다. 타이핑을 하면서 분량을 뜻하는 단어 뒤의 숫자들을 늘려나간다.

글자, 낱말, 줄, 문단, 쪽, 원고지. 물론 며칠째 같은 글
자 수인 채로 머무는 날도 적지 않다.

  글을 쓰는 이에게 원고지란 이처럼 고무줄과 같다.
한없이 늘었다가 줄어든다. 늘리건 줄이건 글을 수정할
때는 '피가 나는가' 하는 말을 되새긴다. 초고를 수정할
때 왕창 분량을 줄이곤 하는데, 그럴 때 찔러보는 것이
다. 피가 나는지 아니 나는지.

  아, 이 문장은 불필요하다, 없애도 되겠네, 싶을 때
는 과감하게 지우는데 문제는 사라진 글자 수만큼 도로
채워 넣어야 하지 않을까 하는 강박에 휩싸이곤 한다는
것이다. 그런 강박을 이겨내고 재차 묻는다. 피가 나는
가, 피가 나는가. 그렇게 묻고 답하는 것이 원고 수정의
궁극이다.

  글은 늘리는 것보다 줄이는 게 일이라는 편집자의
말을 이제는 조금 알 것 같다. 원고를 수정하는 대부분
의 시간은 단어를 살릴까 죽일까 하는 선택의 기로에
다름 아니다. 때로는 단호하게, 때로는 망설이며 나는
죽이려고 하는 편이다. 물론 그럴 때마다 한쪽에서는
단어들의 아우성이 들리는 듯하다.

"정말 나를 죽일 거야? 내가 없어도 괜찮겠어? 한번 잘 생각해보라고."

글을 고치고 문장을 다시 봤을 때, 고치지 않는 편이 더 낫다 싶어 글을 되돌릴 때. 그때쯤이면 퇴고를 마무리할 시간이다. 그 시간은 결코 쉬이 오지 않는다.

그렇게 살아남은 단어들은 저들끼리 붙어서 서로를 응축시킨다. 죽어버린 단어들을 대신해서 자신의 목소리를 드높인다. 깊은 바다, 넓은 바다, 푸른 바다의 앞선 단어들을 모두 지우고 '바다'만 남겨놓는다. 붉은 태양, 뜨거운 태양, 불타는 태양의 앞선 단어들을 모두 지우고 '태양'만 남겨놓는다. 그 바다와 태양이 어떠한지는 독자들의 상상에 맡길 뿐이다.

editor S

마침표 하나, 쉼표 하나, 단어 하나, 문장 하나. 모든 것이 제 역할을 하는, 모든 것에 존재 이유가 있는 글은 아름답지요.

문체 고민, 저만 하나요?

문체라고 하면, 뭐랄까, 그러니까 글 쓰는 사람의 스타일이라고 할 수 있을 텐데, 저는 머리에 든 게 많지 않아서 마치, 도화지 같다고나 할까, 어느 한 작가의 글을 읽고 나면 다음 날에는 저도 모르게 전날 읽은 작가처럼 글을 쓰곤 해서, 아아, 이거 정말 큰일이네, 싶은 날이 하루 이틀이 아닙니다.

가령 번역이 딱딱한 도이칠란드 문학이라든가, 중역을 한 헝가리 소설이라든가, 그것도 아니면 페터 한트케의 소설을 읽은 다음 날은 저도 마치 그처럼 문체가 몹시 딱딱하고, 애매해져 견딜 수가 없는 것입니다.

물론 문체를 따라 하고 싶어도 저로서는 도저히 따

라 할 수 없는, 아니, 따라 하기는커녕 읽을수록 감탄해 마지않는, 그런 작가 선생님도 있습니다. 저에게는, 김승옥이라는 이름의 작가가 그러한데, 그의 문장에는 항상 예상을 살짝 비틀어재낀 단어나 어조가 툭, 툭, 튀어나와, 아, 이 사람은 진짜다, 나는 아무리 노력해도 이런 문체는 쓸 수 없다, 싶은 것입니다.

김승옥과 달리, 문체에 큰 영향을 끼치는 이도 있으니 다름 아닌, 다자이 오사무입니다. 최근 애정하는 출판사에서 다자이 오사무의 단편집과 장편이 출간되어, 한동안 다자이의 소설을 단편, 장편 할 것 없이 연달아 보았습니다. 이 출판사에서 나온 다자이의 책은 원문을 충실하게 번역했다는 소문이 자자하여 저는 맹신에 가까운 마음으로 이곳에서 나온 책들을 읽는 겁니다.

저는 한때, 히라가나인지 무엇인지를 외워보려고 애를 쓰기도 했었는데, 그때마다 굳어버린 머리를 탓하며 이제 와 외국어를 공부해봐야 무얼 하나 싶어, 일본어는 쓰지도 읽지도 못합니다. 그리하여 다자이의 원서를 본다 한들 하얀 것은 종이요, 까만 것은 글자일 텐데, 원문에 충실하다는 번역서를 보다 보니 그전에 보았던 다자이의 문장과는 확실히, 새삼 다르구나, 하는 느낌이 들었습니다.

　다자이 오사무의 문체라 함은 주절주절, 끝낼 듯 끝
내지 않고, 사정없이 쉼표를 남발, 그렇죠, 분명 남발이
라고 할 수 있을 정도로 많은 쉼표를 늘어놓아서 소위
'요설체'라고 부르기도 하던데, 보고 있으면 갑갑하고,
또 답답하고, 그러면서도 한편으로는 유쾌하게 읽혀서,
제기랄, 이것은 중독이다, 중독이라는 단어 말고는 달
리 표현할 방법이 없다 싶은 지경에 이르러, 결국, 그의
문체를 따라 쓰게 되는 것입니다.

　지금 이 글을 쓰는 시간도 저는 그저 잠시 할 일이
없기도 하고, 아니, 사실 할 일은 태산같이 쌓여 있는
데, 돼지국밥 한 그릇 거하게 먹고 와서는 배도 좀 꺼
뜨릴 겸, 원고도 좀 늘릴 겸 주절주절하고 있는 것인데,
글을 쓴다는 다른 사람들은 자기만의 고유한 문체라고
부를 만한 그 무언가를 각자 가지고 있는지 궁금하기
도 하거니와, 저처럼 누군가의 문체를 자꾸만 따라 하
게 되어, 고민을 한 적이 있는지도 궁금하기도 하고, 여
하튼 분명한 것은 자기만의 문체를 가진다는 것은 정말
행복한 일이 아니겠는가, 가령 한때 많은 문청들에게
귀감이 되었던 김훈 같은 사람을 보면, 과연 저 사람은

자기만의 고유한 스타일이 있구나, 싶어서 부러움의 대
상이 되기도 하는 겁니다.

물론 저에게도 나만의 스타일, 고유한 문체가 분명
있기는 할 것인데, 무명의 글쟁이라는 점에서 책을 사
서 봐주는 이도 많지 않을뿐더러, 가끔은 이렇게 특정
한 누군가의 스타일을 부러 따라 써보는 것도 그리 나
쁘지는 않을 것 같고, 뭐 그렇다는 이야기입니다. 그러
니까 지금 쓰는 이 글은 비슷하든, 어림 반 푼어치도 없
든 간에 다자이 오사무를 흉내 내고 앉아 있는 거다, 말
할 수 있겠습니다.

8,000원짜리 돼지국밥을 먹었더니 좀처럼 배가 꺼지
질 않습니다. 비싼 돼지국밥은 유명한 작가든, 무명의
글쟁이든 누가 먹더라도 배를 불려준다는 생각이 드니,
이거 참 국밥 앞에서는 누구나가 겸손해지고 공평해지
는구나 싶죠. 다자이 오사무야 일본을 대표하는 국민
작가이고, 저는 한없이 무명에 가까운 사람이라는 차이
는 있겠지만, 국밥 앞에서는 다 같은 손님 처지가 아니
겠습니까. 흠.

국밥 앞이 아니고서야 다자이 오사무와 저의 차이

라면 얼마든지 있겠습니다. 다자이 오사무가 서른아홉 되던 해 생을 달리한 데 반해, 저는 그가 죽던 나이에 첫 책을 내고 뒤늦게나마 머릿속에 떠오르는 이야기들로 원고를 쓰고 있노라니, 나는 참 많이 늦은 것 아닌가, 나는 어릴 때 책을 내야겠다는 생각을 왜 하질 못하였는가 싶어서, 조금은 아쉽고, 지금이라도 늦지 않았으니 열심히 글을 써보아야겠다, 그렇게 한다면 자연스레 나의 문체라는 것도 생겨나지 않겠는가, 알아봐주는 사람이 생겨나지 않겠는가, 하는데 역시나 머릿속에 든 것이 많이 없어, 또 혹하는 문체를 만나게 된다면 그것을 따라 하게 될까 봐 살짝 겁이 나기도 하고…….

아, 이제 배부름이 조금 줄었습니다.

문장부호
하나에도

어릴 때는 정해진 법칙이 있는 줄 알았다. 문장부호 얘기다. 가장 헷갈렸던 게 쉼표의 활용이었다. 비슷한 구조의 문장인데도 누군가는 쉼표를 쓰고 누군가는 별다른 문장부호 없이 쓴 글을 보면서 언제 쉼표를 써야 하는 건지 몰랐다. 학교에서도 쉼표를 언제 써야 하는지 배운 기억은 없어서, 나는 이런 기본적인 법칙도 모르니 글을 쓸 수 없을 거라고 여겼다. 초등학생 때의 이야기다.

인터넷도 없던 시절, 주변에 물어볼 사람도 없었기에 오랜 시간 문장부호를 어떻게 써야 하는 걸까 하는 의문을 품고 살아야만 했다. 마침표, 느낌표, 물음표,

쉼표, 괄호, 따옴표 등등 문장부호에는 나름의 법칙이 있지만, 느낌표나 쉼표는 사실 글쓴이의 자유의지에 따라 넣고 뺀다는 걸 한참의 시간이 흐르고 나서야 알게 되었다.

글을 쓰고 다듬고, 편집자와 함께 교정을 보는 그 시간에 실제로 쉼표의 위치나 문장부호의 변경을 놓고 고민하기도 한다. 출판사마다 편집자마다 그 스타일이 조금은 달라서 같은 것을 각기 다른 기호로 표기하는 것도 재미있다. 이를테면 책 제목을 누군가는《 》로 표기하고, 누군가는 『 』로 쓰기도 한다.

글을 쓰면서 유독 신경 쓰는 문장부호가 세 가지 있다. 말줄임표와 괄호 그리고 느낌표다.

나는 말줄임표를 적잖이 쓰는 편이었는데…… 어느 날은 한 소설가의 SNS에서 말줄임표에 관한 글을 봤다. 하고픈 말이 있으면 문장 안에 다 녹여내면 그만인 것을 말줄임표를 쓸 일이 뭐가 있냐는 얘기였다.

아, 그런가. 나는 기본적으로 타인의 의견에 쉽게 휘둘리고 마는 귀가 얇은 사람. 아주 틀린 말은 아닌 것 같아서, 그날부터 즐겨 쓰던 말줄임표를 조금씩 줄여나

갔다. 그런데 어느 날 또 한 편집자는 말줄임표 속에 내포된 여러 가지 의미가 마음에 든다고 말했다.

이러면 헷갈리기 시작하는 것이다. 같은 문장이라도 마침표로 마무리하는지, 말줄임표를 붙이는지에 따라 누군가에겐 사랑스러운 문장이 될 수 있고, 누군가에겐 그저 그런 문장이 될 수 있다고 생각하니, 이것이야말로 글 쓰는 사람의 기쁨과 슬픔을 좌지우지하는 중요한 요소가 아닌가.

세상 모든 사람이 좋아할 수 있는 완벽한 문장 따위 없겠으나, 될 수 있으면 많은 사람에게 좋은 문장으로 기억되는 글을 쓰고 싶다. 말줄임표를 싫어한다는 소설가와 좋아한다는 편집자의 의견 사이에서 나는 가장 적절하다고 생각하는 문장부호를 붙인다.

괄호 역시 신경 쓰는 문장부호 중 하나다. 소설책을 주로 보지만, 에세이를 쓰고 또 에세이 출간을 준비하면서 출간된 유사도서를 찾아본다. 요즘에 나오는 에세이는 무겁지 않고, 가볍게 읽을 수 있는 재미난 문체의 글이 많았다. 그리고 유독 괄호가 많이 쓰인다.

에세이에 쓰인 괄호는 보통 세 가지 의도로 활용되

고 있었다. 문장 내에서 유머를 시도하거나, 분위기를 전환하거나, 정보를 제공하는 방식이다. 가령 '~~했다 (고 생각한다)' 등으로 글쓴이의 또 다른 진심을 괄호에 담아, 독자를 피식 웃게 만드는 식이다. 최근에 읽은 에세이에서는 무명 작가든 유명 작가든 대부분 이런 방식으로 괄호를 쓰고 있었다.

물론 나 역시 이런 의도로 괄호를 쓰기도 하지만 그 횟수가 많지는 않다. 글 쓰는 사람의 스타일에 따른 것이라 이런 괄호의 활용이 옳다, 그르다 말할 수는 없지만 독서의 흐름에 방해가 되곤 하니 지양하려 한다(고 생각한다).

글을 쓰면서 가장 유의하는 문장부호는 단연 느낌표다. 스콧 피츠제럴드가 말하길, 느낌표는 자신이 한 농담에 스스로 웃는 것과 같다고 했다. 전 세계가 인정하는 대문호의 글쓰기 팁에 나는 무조건 동의하기로 했다. 물론 평소 메일을 쓸 때나 SNS에 글을 올릴 때는 느낌표를 가득 담기도 하지만, 출간을 목표로 하는 원고에는 되도록 쓰지 않으려고 한다.

지금 쓰고 있는 이 원고는 약 9만 자 정도로 이루어

졌는데, 책 제목이나 타인의 문장을 인용한 것을 빼고 스스로 붙인 느낌표는 다섯 번이 안 된다. 만족한다!!

때로는 작심하고 아주 재미난 글을 쓰고 싶다. 어린 시절 PC통신 유머 동호회에서 글을 쓸 때는 문장 안에 물결 표시나 각종 이모티콘을 붙이기도 했다. 귀여니 작가 스타일의 웹소설이 아닌 이상 책에서 이모티콘을 쓰는 경우는 많지 않다. 한때 나는 출판사에서 이모티콘을 허락한다면 조금 더 독자들을 웃길 수 있을 거라 여겼지만, 이제는 생각을 고쳐먹었다. 괄호 없이, 느낌표 없이 오직 글로써만 사람들에게 재미를 주고 싶다는 욕심이 생긴다.

가끔 소설을 읽다 보면 따옴표를 쓰지 않고도 문장 안에서 대화를 녹여내는 작가들을 만난다. 따옴표가 없음에도 등장인물 간의 대사가 확연히 구분되는 글을 보고 있으면, 어떻게 이리도 잘 쓸 수 있을까 감탄한다. 박서련 작가의 《체공녀 강주룡》을 읽을 때 그랬다. 누군가의 필력을 얘기할 때 나는 이렇게 문장부호의 활용도를 본다. 불필요한 문장부호 없이도 술술 글을 써 내려가는 작가들을 보면서, 오늘도 마침표를 찍을지 느낌표를 찍을지 고민한다.

아, 이모티콘과 관련해서 생각나는 일이 있다. PC통신으로 글을 쓰던 시절 친구 하나는 몇 번의 타이핑으로 내 얼굴을 그려내기도 했다. 곱슬머리와 안경, 긴 코와 크지 않은 입을 표현했던 것인데, 그 모습이 꽤나 나와 닮아서 지금도 가끔 시그니처로 써먹을 때가 있다. 친구가 만들어준 그림말은 다음과 같다.

```
####
0-0
 |
  -
```

editor S

빅토르 위고가 원고 투고(!)로 책을 출간한 다음, 세간의 반응이 궁금해서 출판사에 '?'라는 편지를 보냈다죠. 출판사에서는 '!'라는 답장을 보냈고요. 달랑 문장부호 하나인데, 그 안에 담긴 긴 이야기가 고스란히 전해집니다. 참, 그 책은 《레 미제라블》입니다.

신춘문예 vs.
출판사 투고

책을 내기 위해서 오랜 시간 글을 썼으면서도 출판사 투고 말고는 생각도 않다가 2018년 겨울 신춘문예를 공모하는 신문사 두 곳에 태어나 처음으로 단편을 보내 봤다. 당시 2주일 만에 두 편을 쓴 거라 지금 보면 몹시 부끄러운 수준이다. 심폐소생이 불가능한 글이라고 봐야겠다.

우체국에서 등기를 보낼 때 봉투에 '신춘문예 소설 부문 공모'라고 썼기에, 혹여나 우체국 직원이 '아, 이 사람이 글 쓰는 사람이었나……' 생각하면 어쩌지 싶어 또 부끄러웠다. 사람은 생각보다 타인의 일에 큰 관심이 없는 법이라 우체국 직원은 여느 때와 같이 그저 등기 접수를 받고 영수증을 끊어주고서는 빠이빠이 했다.

한국에는 등단 제도가 있어서 이게 참 문청들 마음을 혼탁하게 하는 듯하다. 보통 신춘문예에 당선되거나, 문학 공모전에서 수상하거나, 문예지에 글을 발표하는 정도를 등단으로 보고, 출판사에서 책을 내는 건 등단으로 보기도 하고 그렇지 않다고도 한다. '등단'이라는 단어는 어떤 사회적 분야에 처음으로 등장한다는 뜻이기에, 책을 내는 것도 충분히 등단이라고 부를 만하겠지만, 어쩐지 국내에서는 신춘문예 등을 통한 데뷔만을 등단으로 말한다.

사실 신춘문예에 매달릴 필요가 있겠는가, 말하고 싶지만 이런 말도 신춘문예에 당선된 사람이 뱉어야 설득력이 있지, 내가 해봐야 뭐 하등 설득력이 있겠는가. 시든 소설이든 신춘문예로 등단한 사람도 책을 못 내서 마음고생이 심하다던데 나는 그래도 책 나오고 좋아하는 광화문 교보문고 평대에도 올라봤으니 이거면 된 거 아닌가 싶지만.

그래도 누구라도 글을 쓰고 신춘문예든 공모전이든 응모하는 사람이 있다면 좋은 결과가 있으면 좋겠다.

글을 쓰는 각자에게 신춘문예가 신춘문'yeah'가 되면 좋겠다. 그게 뭐가 됐든 글을 쓰고 거절당하는 고통의 맛을 무척이나 잘 알고 있기에.

내가 생각하는 문학 공모전 최고 멋쟁이는 故 최인호 작가다. 수상작으로 뽑아놨더니 고등학생이더라, 하는 일화를 보면서 타고난 작가는 뭔가 달라도 다르구나 싶었다. 안타깝게도 나는 타고난 글쟁이는 아니고 뒤늦게 책을 내고자 하는 마음이 커진 사람이다. 가끔은 어려서부터 신춘문예에 도전했다면 어땠을까 싶기도 하다.

어느 해 신춘문예에서는 재미난 일도 있었다. 한 대학생이 쓴 시가 수상작으로 결정됐는데 알고 보니 어느 과학 블로그에 올라온 글을 문체만 바꿔서 응모했다가 덜컥 당선이 됐다고. 주최 측에서는 표절이 아니라고 얘기했지만, 주변의 아우성에 결국 당선 취소 결정을 내려야만 했다. 그 시가 표절인지 아닌지는 잘 모르겠지만 그 대학생이 당선 소감을 아주 멋들어지게 썼던데 몹시도 민망했겠다 싶다.

신춘문예의 가장 큰 장점이라면 화려한 등장에 있을 것이다. 새해 첫날 신문에 글을 띄우며 멋스럽게 등장할 수 있지만, 꾸준히 글을 쓰지 못한다면 상금 한번 받고 잊힐 수도 있다. 결국 화려한 등장 뒤로 대책 없이 몰락할 수도 있다는 뜻이다.

꼭 신춘문예만 고집할 것이 아니라 출판사 문을 두드려보는 것도 좋은 방법이라고 생각한다. 물론 신춘문예에 당선되기도 투고로 책을 내기도 어려운 일이지만 어느 쪽이든 아예 닫혀 있는 문은 아니니까. 글을 쓰는 사람이라면 누구라도 그 문은 두드릴 수 있으니까.

신춘문예든 출판사 투고든 결국에는 글을 쓰고 책을 내서 누군가 읽어주었으면 하는 마음은 같다. 다른 이는 몰라도 나는 그랬다.

(editor S)

《아이슬란드가 아니었다면》이라는 책이 있는데요, 신춘문예에 30년을 매달렸지만 결국 실패한 이야기예요. 그렇지만 그걸로 에세이를 썼으니, 글을 쓰는 사람에게는 실패도 이야깃거리가 되는구나 싶습니다. 그걸 또 이렇게 좋아하는 저 같은 독자도 있고요.

나를 사랑하지 않는
그대에게

너는 저만큼 높이 있는 사람인데 나는 너무나 초라하며 별 볼 일 없다고 징징거리는 주제의 곡을 좋아한다. 나 따위 너의 눈에 들겠느냐고, 노래하는 곡. 자존감 빵점 짜리의 이런 곡들을 들을 때 나는 우울한 상태에 있다. 스스로를 위로하는 방식이야 사람마다 다르겠지만, 나 는 우울할수록 비슷한 결의 음악을 듣고 더 깊은 바닥 으로 향하는 방식을 취한다.

이런 주제로 특히 좋아하는 곡은 라디오헤드의 〈Creep〉, 박승화의 〈사랑해요〉, 박효신의 〈동경〉, 그리 고 이소라의 〈나를 사랑하지 않는 그대에게〉 정도다. 라디오헤드는 너는 너무나도 특별하지만 나는 '찌질이'

라고 노래했으며, 박승화는 아무리 말해도 너는 이해할 수 없을 것이라고, 너에게는 이 마음이 아무것도 아니라고 노래했다. 박효신은 날 기억이나 하겠느냐고, 내 이름이 생각이나 나겠느냐고 노래했다.

어린 시절에는 좋아하는 사람을 두고 가슴앓이를 할 때 즐겨 들었다면, 글을 쓰면서부터는 다른 생각으로 우울할 때 듣는다. 출판사에 글을 보내고 거절의 답신을 받으면, 내가 보낸 글이 편집자의 눈에나 들겠느냐는 생각으로.

이소라의 곡은 수미쌍관 형식을 띠는데 첫 가사와 마지막 가사의 뉘앙스가 살짝 다르다. 첫 가사는 '난 너에게 편지를 써, 모든 걸 말하겠어'이고, 마지막 가사는 '너에게 편지를 써, 내 모든 걸 말하겠어'이다.

모든 걸 말하겠다던 화자는 마지막에 가서 '내' 모든 걸 이야기하겠다고 한다. 세상에 뿌려진 많은 이야기를 제거하고, 오로지 자신만의 이야기를 전하려는 것인지도 모르겠다. '모든 걸'이 '내 모든 걸'로 변하면서 이야기의 폭은 줄되 밀도는 올라간다. 단순히 이 '내'라는 음절 하나 때문에 나는 이 곡이 몹시 서글픈 것이다.

　내 모든 걸 말하여도 가닿을 수 없는 이야기는 존재하는바.

　출판사에 투고를 했다. 짧은 에세이 원고였다. 투고후 한 출판사 편집장에게서 연락이 왔다. 내게 어떤 제안을 해주었는데, 며칠간 연락을 주고받다가 결국 그제안은 없던 일이 되어버렸다. 나로서는 너무나도 좋은기회였지만, 이루어질 수 없는 일이 되어버린 것이다.

　나와 편집장이 주고받은 메일은 모두가 진심이었다.그는 나에게 진심을 말하였으며, 나 또한 그러했다. 나는 편지에서 '내 모든 걸' 전하려 했다. 하지만 출판사편집자와 투고자의 입장은 다를 수밖에 없다. 가끔은'내 모든 걸' 이야기해도 가닿지 않는 일이 생긴다. 가닿을 수 없는 일이 생긴다.

　내가 진심을 다해도, 내 모든 걸 이야기하여도 출판사의 편집자라는 사람들은 저만큼이나 높이 있는 것 같다. 그 높이에 나는 위축되고 안달이 난다. 초라하고 나약해진다. 손을 뻗으면 때로 닿을 것만 같은 그곳에 편집자 무리가 산다. 하지만 손 뻗으면 닿을 것 같다는 생각이 착각임을 깨닫는 데에는 그리 오랜 시간이 걸리지 않는다.

어제는 하루 종일 이소라의 〈나를 사랑하지 않는 그대에게〉를 들었다. 나를 사랑하지 않는 편집자를 생각하며.

내 모든 걸 전하여도 가닿을 수 없는 이야기는 존재하는바.

editor S

편집자도 작가에게 제안했다가 대차게 까이고 쭈글쭈글해질 때가 많습니다. 사실 편집자는 저 높은 곳에 있지 않고, 조금 자존심이 센 을 중의 을이에요. 엉엉. 우리 잠깐만 쭈그러들었다가 끙차, 같이 일어납시다.

L에게, 혹은
놓친 기회 앞에 선
이들에게

L 편집장님, 안녕하십니까. 이경입니다. 편집장님에게 이런 식으로 제 마음을 전달할 수밖에 없음을 용서하여 주시기 바랍니다. 기억하시겠지만, 지난 4월의 일입니다. 저는 한 신문에 실린 편집장님의 글을 읽고서, 출판사의 출간 방향 따위 생각지 않고 편집장님에게 원고를 보냈습니다.

가장 정신이 맑은 출근 직후에 투고 원고를 검토한다는 편집장님의 습관에 호기심이 일었고, 세상사에 너무 물들어 있는 투고자에겐 관심이 없다는 말에 용기가 생겼습니다. "자신 없다, 책이 될 수 있을지 의심스럽다"며 보내온 글이 잘 쓰인 원고일 가능성이 크다

는 그 말에 저는 편집장님에게 투고해야겠다는 결심이
섰습니다.

저 역시 누군가에게 글을 보여주기에 앞서 자신감이
차오르는 경우가 드물고, 제가 쓰는 글이 책이 될 수 있
는지에 대한 의심이 한사코 줄어들지 않기 때문입니다.
그러니 저는 편집장님이 계신 출판사가 아닌, 오직 편
집장님의 글을 보고 원고를 보내드린 것이나 마찬가지
입니다.

편집장님으로부터 메일 연락이 온 것은 투고 다음
날이었습니다. 저는 총 3부로 이루어진 원고를 보내드
렸고, 시간이 허락한다면 부마다 한 꼭지씩만이라도 읽
어주시길 간청하였습니다. 원고를 다 읽었다는 편집장
님의 말도 좋았고, 거리감을 잃을 정도로 원고에 몰입
하였다는 그 말도 좋았습니다.

무엇보다 제가 쓴 꼭지에 편집장님이 같은 주제로
글을 써서 공저로 책을 내보자는 제안을 주셨을 때 저
는 무척이나 고무될 수밖에 없었습니다. 편집장님이 적
을 두고 계신 출판사가 글을 쓰는 사람이라면 누구나
한 번쯤 작업을 해보고 싶을 문학 출판사의 계열사라는
점도 저를 기분 좋게 만들었습니다.

저는 쉽게 사랑에 빠져버리고 마는 가벼운 사람입니다. 사랑이라는 단어가 조금은 이상해 보일지 모르겠습니다. 편집장님이 글에서 '저자 앓이'라는 표현을 쓰셨듯 제 입장에서는 '편집자 앓이'라고 말하는 것도 괜찮겠습니다.

편집장님의 제안을 받은 그날 저는 미친 사람처럼 편집장님이 살아오신 줄기를 거슬러 헤맸습니다. 여기저기에 뿌려져 있던 편집장님의 글을 읽고 또 읽었습니다. 편집장님의 글을 보는 것이 즐거웠습니다. 웬만한 작가보다 유려한 편집장님의 글을 보면서 저 같은 사람이 글을 쓴답시고 살아도 좋을까 하는 회의가 들기도 했습니다.

편집장님이 제안하신 공저 계획도 저는 재밌었습니다. 아무래도 편집장님이 계신 곳에서 직접 책을 내기는 무리고 A출판사와 B출판사에 공저 제안을 해보겠다는 말에 제 마음은 무척이나 들떴습니다. 다만 재밌게도 편집장님이 제안해보겠다는 A, B 출판사에 저는 이미 같은 원고를 던진 상태였습니다.

가끔은 솔직하게 말할 때 손해를 보기도 하는 것 같습니다. 편집장님은 제가 다른 출판사에도 투고했다는 사실에 놀라워하셨고, 저는 그 놀라움에 당황했습니다.
저는 편집장님이 조금은 실망한 듯하여 알 수 없는 죄
책감이랄까요, 자책감에 빠져서 무척이나 괴로웠습니
다. 이 괴로움은 저를 갉아먹기 시작했습니다.

바보 같은 말인 줄은 알지만, 편집장님이 저에게 공
저 제안을 줄 것을 미리 알 수 있었더라면 저는 다른 출
판사에 원고를 보내는 일 따위 벌이지 않았을 겁니다.
원고를 보낸다 한들 출판사에서 답을 줄지, 그 답이 제
가 원하는 답일지는 결코 알 수 없기에 저로서는 여러
곳의 출판사에 문의를 하는 수밖에 없었습니다.

변명하자면 저는 책을 통해 책 쓰기를 배웠습니다.
많은 책이 출판사에 원고를 보낼 때는 한두 군데가 아
닌 여러 곳에 던져보라고 말해주었습니다. 그 말이 맞
다고 생각했습니다. 제 판단은 그러했습니다. 제가 다
른 출판사가 아닌 편집장님에게만 원고를 보여드렸다
면, 편집장님과 저는 같은 책을 쓰는 사이가 될 수 있었
을까요.

편집장님은 결국 공저 제안을 무르셨습니다. 공저로
다른 출판사에서 책을 내기에는 편집장님도, 저도 아직
은 무명에 가까운 사람이기에 판매에 확신이 서지 않

는다는 현실적인 이유에서였습니다. 저는 글을 쓰며 무명인 것에 어떤 아쉬움도 없었으나, 편집장님의 말에는 유명하지 못한 제가 억울하고 몹시도 서러웠습니다.

편집장님과 메일을 주고받는 시간, 저는 롤러코스터를 탄 것처럼 감정의 기복이 심했습니다. 제가 경험할 수 있는, 또 겨우 감내할 수 있는 가장 큰 감정의 기복이었습니다. 편집장님의 공저 제안에 제 혈관에는 무지개가 흐르는 듯했고, 편집장님의 최후통첩에 저는 냄새나는 오물로 가득한 하수구에 빠진 듯했습니다.

저는 담백한 글쓰기를 추구합니다. 담담하게, 때로는 무미건조에 가까운 그런 글을, 저의 감정을 드러내지 않는 글을 쓰고자 합니다. 하지만 담백한 글이라고 해도 글 안에 있는 이야기마저 담백한 것은 아닙니다. 그 안에는 글쓰기 이전 경험했던 수많은 절망과 눈물이 있습니다. 감정의 격동이 있습니다.

저는 눈물이 모두 메마르고 나서야, 눈물을 흘리던 시간을 조금씩 꺼내어 담담하게 글을 쓸 수가 있는 것입니다. 편집장님에게 띄우는 이 글에서만큼은 감정을 다잡기가 어렵습니다. 편집장님과 나누었던 시간을 떠

올리면 저에게는 아직도 쏟아내야 할 눈물이 많이 남아
있기 때문입니다. 이 슬픔은 도무지 메마를 줄을 모릅
니다.

시 구절을 외는 머리가 좋은 사람은 아니지만, 그럼
에도 아주 짧은 몇몇 구절은 알고 있습니다. '사랑하라
한번도 상처받지 않은 것처럼' 하는 시구절도 그중 하
나입니다. 저는 투고하겠습니다. 편집장님이 계신 곳이
아닌 다른 출판사에 투고하겠습니다. 한 번도 거절받지
않은 사람처럼, 그렇게 출판사에 글을 보내보겠습니다.
편집장님과의 인연은 쉽게 불타오르고 금세 식어버
린 연인처럼 돼버렸지만, 언젠가 기회가 된다면 한 번
은 오가며 만나 뵐 수 있을 거라 생각합니다. 저는 편집
장님과의 인연을 글로 쓰겠습니다. 쓰지 않고서는 버틸
수 없는 글이 있습니다. 버려지지 않는 마음이 있습니
다. 저에게는, 편집장님과 주고받았던 저의 마음이 그
러합니다.
편집장님과 더 깊은 인연을 맺지 못해 안타까운 것
은, 그러니까 이토록 가슴에 사무치는 것은, 제가 여전
히 편집장님의 글을 사랑하기 때문일 겁니다. 이 사랑

이, 편집장님의 글이 가진 매력이, 함께하지 못하는 저를 괴롭게 만듭니다.

편집장님. 제가 무명이라 죄송합니다. 편집장님의 마음에 확신을 주지 못해 송구합니다. 편집장님이 저와의 공저를 무르고 홀로 책을 내기로 하였다는 소식을 전해주었을 때 저는 그게 당연한 선택이고 수순이며 순리에 따른 것이라 여겨졌습니다. 편집장님의 글을 하루라도 빨리 책으로 만나볼 수 있길 기다리겠습니다.

L 편집장님. 그럼 몸 건강히, 또 안녕히 지내시길 바랍니다.

꺼내 먹습니다

자이언티가 부른 〈꺼내 먹어요〉라는 곡이 있다. 삶이 힘들 때 이 노래를 초콜릿처럼 꺼내 먹으라는 내용이다. 나에게도 평소 얼려뒀다가 가끔씩 꺼내 먹는 이야기가 있다. 글쓰기가 도저히 앞으로 나아가지 않을 때 습관처럼 꺼내 먹는 이야기.

글을 쓰는 사람이라면 누구나 걸리는 병 두 가지가 있다고 한다. 하나는 '내 글 구려 병'이고, 하나는 정반대 성격의 '작가 병'이다. 내 글 구려 병에 걸리면 작가의 자신감은 끝을 알 수 없는 바닥을 향해 가라앉는다. 반면 작가 병에 걸리면 자신감을 넘어 자만심이 넘쳐흐르게 되고 주변의 어떤 이야기도 안 들리는 지경에 빠진다.

나 역시 남들과 다르지 않다. 내 글 구려 병과 작가 병에 걸리지 않기 위해 마음속에 커다란 돌덩어리 하나 모셔놓고 중심을 잃지 않으려고 노력한다. 그럼에도 내 글 구려 병은 수시로 찾아온다.

세상을 살다 보면 당근을 만날 때도 채찍질을 만날 때도 있는데, 나는 대체로 당근을 선호한다. 심각한 내 글 구려 병에 걸려 도통 진도를 나가지 못할 때면 담당 편집자들이 내게 해준 말을 한 번씩 꺼내 먹는다.

그렇다고 담당 편집자가 나에게 어마어마한 당근을 선사하지는 않는다. "아이고, 작가님 글 너무 좋아서 저는 보기만 해도 웃음보가 터집니다. 작가님이 최고예요. 작가님의 글을 사랑합니다. 매일매일 작가님의 글을 보고 싶어요." 이런 찬사는 결코 없다. 이런 칭찬을 늘어놓는 편집자가 있다는 말도 들어보지 못했다. 윌리엄 셰익스피어가 환생하여 키보드를 두드린다 해도 이런 말을 해주는 편집자를 만나진 못할 것이다.

이 정도까지는 아니더라도 편집자들은 나에게 큰 힘이 되는 당근을 안겨준다. 내 원고 두 편을 두 권의 책으로 만들어준 편집자 K는 어느 날 긴 메일을 보내면서 이런 표현을 쓴 적이 있다.

'작가님의 원고에 대한 무한애정.'

짧지만 강렬한 표현이었다. 내 글에 무한애정을 가지고 있는 사람이 있다니. 물론 이 표현에는 실제로 담당 편집자가 느끼는 것보다 조금은 양념이 더해졌을지도 모른다. 분명 무한애정까지는 아니고 유한한 애정일 것 같은데, 그저 글쟁이 양반 기분 좋아지라고 단어를 바꿔 말한 것일지도 모른다. 그럼에도 가끔 이 글귀를 꺼내어 본다. 글이 도저히 써지지 않는, 흔히 말하는 '글 막힘Writer's Block'에 봉착했을 때 누군가 단 한 사람은 내 글에 애정을 가지고 있다는 생각으로 그 거대한 벽을 허무는 것이다.

이 책의 편집자인 S는 계약하기 전 저자 미팅 자리에서 처음 보았다. S는 미팅 때 내가 쓴 《작가님? 작가님!》을 들고 와서 나를 감동시켰는데, 무엇보다 책에는 포스트잇이 잔뜩 붙어 있었다.

사실은 묻고 싶었다. 어떤 문장에 체크해두신 거예요? 묻지는 못했지만, 내가 쓴 문장 한 줄 한 줄을 정성스레 봐준 거 같아 무척이나 고마웠다. S는 책에 사인을 해달라고 했는데, 나는 순간 흠칫, 멈칫하며 이렇게 얘기할 수밖에 없었다.

"아아, 편집자님, 제가 끔찍한 악필이라서요. 사인은 다음에 연습해서 해드리면 안 될까요?"

누가 보면 잘나가는 작가 행세를 한 것이라고 여길지 모르겠으나, 나는 정말이지 사인하기가 두려워서, 내 원고에 대한 호감이 사인으로 인해 줄어들까 봐 거절했던 것이다. 아무튼 그렇게 나는 사인을 미루고 그날의 미팅을 마쳤다.

S와의 미팅은 무척이나 즐거웠기에 몇 차례 메일을 주고받고서는 별다른 이견 없이 출판 계약을 진행했다. 저자와 편집자라는 새로운 콤비 탄생 이후 연락을 주고받던 어느 날 S는 나에게 이런 메일을 보내주었다.

'작가님은 글씨는 못 쓸지 몰라도 글은 정말 잘 쓰시는 것 같아요.'

S는 내가 만나본 편집자 중 경력이 가장 오래된 베테랑 편집자다. S의 손을 거친 작가와 책만 해도 수백이 넘을 텐데, 그런 그에게 칭찬을 들었으니 한껏 고무될 수 밖에 없었다. 그러니 S의 글귀 역시 글을 쓰다 우울

해지면 한 번씩 열어보는 치료제가 되었다. 오직 나 한 사람만이 느낄 수 있는 명문인 셈이다. 이처럼 편집자라는 사람들은 단 한 줄의 글로도 저자의 병을 고칠 수 있는 의사 같은 존재다.

그렇다고 편집자가 저자를 향해 과한 칭찬을 쏟는다면, 글쟁이는 이내 작가 병에 걸려 안면몰수하고 구린 글을 쓸지도 모르겠다. 뭐든지 적당히가 좋겠지, 적당히가. 다행히 나와 함께 작업하는 편집자 K와 S는 모두 이 적정선을 지키며 나에게 글을 쓰게끔 만든다. 나를 자만에 빠지지 않게 하면서, 적절한 자신감을 심어준다. 이런 명 조련에 나는 가끔 이들에게 사육을 당하는 기분이 들기도 한다. 자발적으로 이뤄지는, 기분 좋은 사육.

얼마 전에 에세이를 출간한 한 작가의 SNS 라이브 방송을 봤다. 소비에 관한 글을 쓴 그는 자신이 직접 돈 주고 산 물건들을 방송에서 소개하며 자랑했다. 어떤 물건을 가리키면서는 "실물이 깡패예요. 깡패는 조양은" 하는 대책 없는 의식의 흐름을 말로 내뱉기도 했는데, 모습을 드러내지 않고 같은 공간에 있던 그의 담당 편집자는 그 발언을 듣고서는 숨이 넘어가듯 깔깔 웃었다.

그 웃음소리가 라이브 방송에서 흘러나오는데, 작가의 언변보다 그 웃음소리가 더 재미있어 결국 따라 웃었다. 그다지 우스울 것 없는 작가의 말에 대폭소하는 편집자를 보면서, 작가를 향한 편집자의 애정이 고스란히 느껴졌다. 아, 저 편집자는 작가의 글뿐만 아니라 작가가 내뱉은 말 하나하나를 재미있어하는구나 싶어 조금은 부럽기도 했다. 나는 말재주가 없어서 담당 편집자들을 크게 웃게 만들진 못하겠고, 글을 통해 가벼운 미소 한 번. 그리하여 그들이 가끔 나에게 또 가벼운 당근 하나씩 안겨줄 수 있으면 좋겠다. 그럼 나는 그 당근을 얼려두었다가, 작가들이 걸린다는 병에 걸렸을 때 약 삼아 한 번씩 꺼내먹을 것이다. 글을 쓰며 생활하는 한, 그 약의 유효기간은 무척이나 길 것이다.

editor S

그때 책에 체크해둔 부분은…… 작가님을 조금 더 알 수 있겠다 싶은 문장이었어요. 투고 원고를 보고 '이분, 좀 궁금한데' 싶었거든요. '이 사람을 좀 더 알고 싶다, 더 이야기를 나눠보고 싶다' 하는 마음을 들게 하는 에세이 원고를 저는 선호합니다.

그럼에도
제목은 중요하니까

첫 책은 투고 때 쓴 가제가 그대로 제목이 되었고, 두
번째 책 제목은 출판사에서 정했다. 초보 골퍼의 일상
에세이인 두 번째 원고에 내가 붙인 제목은 '오늘도 나
이스샷'이었는데, 추후 책의 부제로 활용되었다.

   에세이 출간 작업 막바지에 출판사에서 '힘 빼고 스
윙스윙 랄랄라'라는 제목을 제안했을 때 다소 가볍고
말랑하다는 느낌이 들었다. 처음에는 생경한 느낌에 거
부감이 들었지만, 하루 만에 수긍하기로 했다. 조금은
가볍고, 말랑해도 좋겠다는 생각이 들었으니까.

   인터넷 서점 알라딘에서는 도서 구매자의 성별, 연
령별 분포도를 보여준다. 가끔 다른 책들의 이런 정

보를 살펴보는데, 잘나가는 에세이 대부분은 어쩐지 20~40대 여성들이 주로 봐주는 듯했다. 이런 분포도를 보고 있으면 아, 국내 에세이 시장은 20~40대 여성들이 먹여 살리는구나 하는 생각이 절로 든다.

골프 에세이를 투고하면서 골프는 나이 든 남성의 운동이라는 이미지가 있다는 얘길 들었다. 에세이는 여성 독자층을 끌어들여야 하는데, 골프 이야기로는 분명 한계가 있을 거라며 반려를 받은 것이다. 《힘 빼고 스윙스윙 랄랄라》를 작업해준 출판사 역시 이런 에세이 시장의 성격을 무시할 수 없었을 것이다. 조금이라도 여성에게 더 어필할 수 있는 제목이지 않을까 싶어, 나는 두 번째 책 제목에 만족한다.

이렇듯 책의 제목은 저자가 처음에 붙인 가제 그대로 결정되기도 하고, 출판사에서 새로 정하기도 한다. 대부분의 책 제목은 출판사에서 정한다는 이야기를 들었기에, 어차피 바뀔 제목이라면 굳이 머리 아파가며 가제를 지어야 할까 싶어서 조금은 느슨한 마음으로 출판사에 글을 보내기도 했다. 지금 쓰고 있는 이 원고의 투고 당시 가제가 그랬다.

첫 책은 예순여섯 곳의 출판사에 글을 보내고서야 책이 될 수 있었고, 두 번째 책은 스물네 곳의 출판사에 글을 보낸 후 책이 되었다. 지금 독자들이 보고 있는 이 책은 스무 군데의 출판사에 투고했고, 지금까지의 원고 중 가장 반응이 좋았다.

이 책을 출간하는 티라미수 더북 외에도 출간을 제안한 출판사가 있었으며, 한 출판사 편집장은 공저로 책을 내보고 싶다고도 얘기해주었으니까. 한 출판사에서는 반려 메일을 주면서 자기는 너무 재미있게 읽었다며, 반려는 그저 출판사의 사정에 따른 것이라고 말해주기도 했다.

아, 나 이번 책 좀 잘될 수 있을까. 기대해봐도 좋을까. 출판사 반응은 좋았지만 그와 별개로 등줄기에 땀이 흐르던 순간도 있었다. 이 책의 담당 편집자 S와의 미팅 시간이 그랬다.

S와의 미팅 시간은 대체로 즐거웠다. 내 원고를 좋게 봐주고, 내가 쓴 책도 미리 읽고 와주셔서 막힘없이 이야기가 흘렀다. 앞서 냈던 책에 지금껏 만나고 이야기 나눠본 많은 편집자들의 이야기가 있어서 그랬는지,

S는 "혹시 제 이야기도 나중에 글로 쓰시는 거 아니에요?" 하고 묻기도 했다.

나는 웃으며, "쓸 겁니다. 언젠가는 쓸 거예요"라고 대답했는데, 미팅이 끝나자마자 SNS에 '출판사 미팅 후기'라는 글을 써버리고 말았으니 지금 이 원고를 다듬는 S는 아, 이 사람은 내가 생각했던 거보다 훨씬 가벼운 인간이구나, 생각했을지도 모르겠다. 그렇게 미팅 내내 유쾌하고 즐거운 시간을 보냈지만, 미팅을 마칠 때쯤 S가 건넨 한마디에 그만, 나는 오싹해지고 말았다. 이건 다 고민 없이 지은 가제 때문이었다.

"작가님, 그런데 저 투고하셨을 때, 원고 제목만 보고 패스할까 싶기도 했거든요."

S는 활짝 웃으며 아무렇지 않게 무서운 이야기를 했다. 아, 그러니까 지금 우리의 미팅 자리가 사실은 없을 수도 있었겠구나. 편집자님이 이 성의 없는 제목은 무엇이야, 하면서 그대로 메일을 삭제했을 수도 있었겠구나, 싶어서 심장이 잔뜩 오그라들었던 거다.

지금 독자님들이 보고 계신 책의 원고는 출판사마다 조금씩 제목을 바꿔가며 투고했는데, 이곳에 투고할 때는 '구원의 천사를 찾아서'라는 제목을 붙였었다. 지금 타이핑하면서 어쩐지 손가락이 좀 말려들어가고 여기 저기에서 "구려, 구려" 하는 소리가 들리는 것 같지만, 그때는 분명 진지했다.

가제에 쓰인 '구원의 천사'는 제임스 미치너의 《소설》에 등장하는 표현이고, 이는 물론 담당 편집자를 가리키는 말이다. 당시에는 나름 3음절씩 세 개의 어절로 구성된 제목이 그리 나쁘지 않다고 생각했다.

뒤에 붙은 '찾아서'는 한 원로 작가의 책 제목에서 따왔다. 1935년에 태어난 소설가 강준희가 쓴 《선비를 찾아서》는 원고를 쓰는 동안 무척이나 재밌게 읽은 책이다. 강준희 작가가 선비를 찾아 나섰듯, 나는 구원의 천사를 찾아봐야겠다는 생각으로 큰 고민 없이 가제를 붙여 투고했던 것인데, 제목만 보고서 패스할 뻔했다는 S의 이야기를 듣고 있노라니 후회가 막심했다.

《난생처음 내 책》은 분명 글쓰기 관련 에세이지만, 실용적인 내용은 그리 많지 않고 이제 겨우 책을 두 권 낸 초보 글쟁이의 경험담과 생각이 대부분이다. 그럼에도 실용적인 팁을 하나 건넨다면, 제목은 중요하다는 것이다. 그게 설령 투고 원고의 가제라 하더라도.

나처럼 별 고민 없이 느슨하게 제목을 갖다 붙이고 투고하면, 구원의 천사가 되어줄 수도 있는 편집자가 그대로 메일을 패스할지도 모른다. 무서운 이야기가 아닐 수 없다.

지난 일들을 떠올려보면 무수히 많은 우연과 인연이 겹쳐야만 하나의 원고가 책이 될 수 있는 것 같다. 투고 당시 메일을 패스하지 않고 글을 읽고서, 답장을 준 이 책의 담당 편집자 S에게 다행이고 고맙다고 말하고 싶다. 세 번째 책의 구원의 천사를 찾으려던 나는 촌스러운 가제로 메일 오픈에도 실패할 뻔했지만, 다행히도 메일을 열어봐준 담당 편집자 덕에 이렇게 추가 원고를 쓰고 있다.

예전에는 아무 미사여구 없이 그저 편집자에게 글만 보여줄 수 있으면 투고로도 출간 가능성이 있다고 생각했다. 하지만 편집자가 몹시 바쁜 직업군임을 떠올리면, 글을 보여주는 것 자체가 쉽지 않을 수도 있다. 투고 원고당 3분 정도 할애한다는 편집자도 봤고, 출판사 회의 시간에 투고를 받지 않으면 좋겠다는 의견을 냈다는 편집자도 봤다. 이런 이야기를 감안했을 때 원고의 제목만 보고 패스할 뻔했다던 S의 말은 거짓이 아닐 것이다.

누군가는 메일 제목에서부터 편집자 눈에 띄어야 한다며 온갖 유혹의 단어들을 써서 투고해야 한다는 의견을 내놓기도 했다. 막, 별도 붙이고, 색도 넣어서. 나는 그렇게까지 투고 메일을 쓰지는 못하겠지만, 그럼에도 제목은 중요하다. 메일 제목이든, 원고 제목이든. 내가 경험해봐서 안다. 제목에 따라 슬픔이 기쁨이 될 수도 있다.

editor S

지금 생각해도 그 가제는 좀……. 다시 말하지만 출판은 제목 장사. 이왕이면 투고할 때도 편집자의 마음을 사로잡을 만한 제목을 붙이면 좋겠지요. 편집자는 최초의 독자이기도 하니까요.

머리에서
글이 그려지는 일

다른 사람들은 어떤지 모르겠지만 나는 수미쌍관 형식
으로 글을 쓸 때 빼고는 어떠한 형식이나 구조도 미리
생각하지 않는 편이다. 주로 A4 두 장 분량의 짧은 잡
문을 써서 가능한 일이기도 하겠지만, 대체로 손가락이
가는 대로 내버려두는 식이다.

책을 한 권 내고 나서는 수미쌍관 형식의 글도 지양
하려고 한다. 어느 날 수미쌍관이라는 게 글 좀 쓰는 척
하는 아마추어의 작법이라는 글을 봤다. 누군가에게 감
동을 주기에 그만한 방법도 없다고 생각하기에 정말 그
러한가 하는 의문이 들었지만, 아마추어 소리는 듣고
싶지 않아 요즘에는 그마저도 염두에 두지 않고 글을

쓴다.

글이 잘 나오는 날에는 머릿속에서 글이 그려진다. 하나의 소재가 떠오르고 그 아래로 몇 개의 문단이 그려지는데 적게는 두세 문단에서 많게는 예닐곱 문단까지 떠오른다. 흔하지는 않지만 또 심심찮게 생기는 일이기도 하다. 그럴 때면 머릿속에 그려진 문단 속 내용을 그대로 타이핑하면 그만이다. 그 후에는 손가락이 움직이는 대로 따라간다.

가끔은 머릿속에서 소재라고 부르는 여러 개의 이야기보따리가 생겨나 서로 먼저 풀어달라고 소리치는 날도 있다. 글쟁이로서는 복받은 날이다. 이런 날에는 하루에 두 꼭지, 세 꼭지 이상을 쓰기도 한다. 행여 머릿속에 떠오르는 이야기가 잊힐까 봐 부랴부랴 시간을 내서 타이핑한다.

때로는 영감을 주는 사람을 만나기도 한다. 그들은 자신도 모르게 나에게 이야기보따리를 하나둘 던져준다. 내게 글쓰기의 영감을 주는 사람은 부모님도 아니요, 아내도 아니다. 뮤즈라고 부를 만한 그 사람들은 살면서 얼굴 한번 보지 못한 사람일 확률이 높다. 무척이나 감사한 그들의 공통점이라면 글을 쓰든 음악을 하든

예술 업에 종사하는 사람이라는 거다.

　최근 몇 년간은 편집자라는 사람들에게서 많은 영감을 받았다. 단 며칠 이야기 나눴을 뿐인데도, 쓰고픈 말이 화수분처럼 솟아나게 만드는 편집자도 있다. 구원의 천사가 되어주는 담당 편집자가 그런 역할을 하기도 하고, 반려 메일을 주어 인연이 끊기는 편집자도 얼마든지 뮤즈가 될 가능성은 있다. 인연을 맺지 못한 편집자라도 나는 그에게서 골수 뽑듯 영감을 빼내곤 한다.

　머릿속에서 무언가가 그려지는 것이 비단 어제오늘의 일은 아니다. 아주 어린 시절부터 머릿속에서 뭔가 하고픈 이야기가 생겨났던 것도 같다. 안타깝게도 나는 말이 많은 사람은 아니어서 그 생각을 드러내진 않았지만, 누군가에게 들려주고픈 이야기는 분명 존재했다.

　그때와 지금의 차이라면 쓰느냐 쓰지 않느냐에 있다. 머릿속에 아무리 재미난 이야기가 그려져도 쓰지 않으면 무용하다. 나는 이제 머릿속에 피어난 이야기를 조금이라도 빨리 풀어놓지 않으면 답답해 죽을 지경에 이르렀다. 미천한 한 인간의 머릿속 생각을 글로 써내는 것뿐인데 사람들은 이걸 '창작'이라는 멋진 이름으로 불러준다.

사람들이 말하는 '창작'이 즐겁다. 이야기보따리를 차근차근 풀어헤치는 일이 즐겁다. 꽁꽁 묶인 실마리를 찾아 풀어내기 시작하면 백지 위에서 까만색 글자들이 서서히 지분을 차지하기 시작한다. 자음과 모음을 결합하는 일이 즐겁다. 쉼표를 찍고 마침표를 찍는 일이 즐겁다. 느낌표는 지양한다.

물론 이 즐거움의 반대편에는 내가 쓰는 글에 가치가 있나, 재미는 있나, 감동이 있나, 내 의도대로 읽힐까 하는 두려움이 존재한다. 글을 쓰는 시간 앞뒤로는 외로움과 절망이 가득하다. 그럼에도 머릿속에서는 하고픈 말들이 피어난다. 글쓰기를 너무 늦은 나이에 시작해서인지, 이야기보따리들이 꾸준히도 생겨난다.

글을 쓰거나 책을 내면서 느낄 수 있는 즐거움은 다양하다. 투고를 하고 편집자와 인연을 맺는 일. 출판사와 계약을 하고 인세를 받는 일. 교정지를 받아 드는 일. 책 표지 시안을 만나는 일. 원고가 책이 되어 서점에 깔리는 일. 그리하여 평생 알지 못한 채 지내온 독자를 만나는 일. 내 글을 읽어주는 독자들의 반응을 살피는 일.

그중에서도 원초의 즐거움이라면, 머릿속에서 이야기보따리들이 생겨나는 것이다. 그 보따리의 실마리를 푸는 것에서부터 글쓰기가 시작된다.

(editor S)

이야기보따리를 가진 사람과 그 보따리를 내놓으라는 사람의 쫓고 쫓기는 추격전이 생각나네요. 작가와 편집자가 끝내는 만나서 보따리를 하나하나 풀어내고 여미고 다시 잘 포장해 내놓는 모습을 그려봅니다. 지금 이 시점 책이 되어가고 있는 이 원고 보따리도 고이고이.

4장

조금은
능청스럽게

만화 《슬램덩크》에서 강백호가 소연에게 "(농구) 정말 좋아합니다"라고 말했듯이 이제 나는 당당하게 말할 수 있다. 글쓰기, 좋아합니다. 아주 많이, 좋아합니다. 그리하여 저에게는 이 일이 부업이 되었습니다. 아무튼, 작가 뭐 비슷한 그런 일을 하게 되었습니다.

홍보도
죽자 사자

존경하는 한 출판사 대표님이 "책을 내면 각종 커뮤니티에 죽자 사자 알려야 합니다"라고 말씀하신 적이 있다. 그런데 이 죽자 사자 알리기가 출판사 마케터의 몫인지, 아니면 저자도 그러해야 한다는 건지에 대해서는 듣지 못했다. 어쨌든 출판사든 저자든 책 내면 죽자 사자 인생이 되는 것은 다들 마찬가지가 아닐까.

예전에는 쓸데없는 선비 마인드가 있어서 아, 저자가 책 홍보하는 거 좀 그렇지 않나, 너무 없어 보이는 거 아닐까 싶기도 했다.

그럼에도 실제로 첫 책 출간을 앞두고는 담당 편집자에게 "편집자님. 제가 책 홍보를 직접 해도 될까요?

출판사 마케팅에 방해가 되지는 않을까요?" 여쭈었는데, 해도 그만 안 해도 그만이지만 굳이 억지로 홍보하지는 않아도 괜찮다는 얘길 해주셨다.

아, 이 출판사는 저자에게 책 홍보를 강요하거나 책임을 지게 하지 않는 좋은 출판사구나 싶었다. 출간을 준비하면서 저자의 직접 홍보가 책 판매에 가장 효과적이라는 얘기도 들었고, 실제로 저자에게 책 홍보를 강요하는 출판사도 많다는 얘기를 들었기에 편집자의 대답이 고마웠던 것이다.

어쨌거나 책을 내고 나서는 전에 가지고 있던 선비 마인드를 버리고 좀 과하다 싶을 정도로 SNS에 책 소개를 하곤 한다. 책을 냈으니 죽자 사자 인생 아니겠는가.

출판사에서는 신간이 나오면 각종 언론사에 책을 보내면서 '책이 괜찮으면 매체에 소개해주세요' 한다. 수십 권을 보내도 단 한 건의 기사가 안 나올 때도 많다고 하고, 어떤 언론사에서는 책을 받자마자 중고서점에 내다 판다는 끔찍한 소문도 들었다.

언론사에서 기사를 내주면 좋겠지만, 기사가 나오지 않더라도 실망할 필요는 없다. 저자가 직접 기사를 내는 방법도 있으니까. 바로 〈오마이뉴스〉 '책이 나왔습니다' 코너에 글을 쓰는 거다. 〈오마이뉴스〉는 언론사 중에서도 그 성격이 무척 특이한데, '시민기자' 시스템을 이용해서 국민 누구나 글을 쓸 수 있고, 〈오마이뉴스〉 에디터가 검토 후 기사로 채택해 매체에 실어준다. 심지어 기사가 좋은 위치에 배치되면 소정의 원고료까지 지급해주니 글을 쓰는 사람에게는 이래저래 고마운 언론사다.

첫 책이 나왔을 때는 두 달 있다가 〈오마이뉴스〉에 글을 보냈다. 다소 늦은 감이 있다 싶어, 두 번째 책을 내고 나서는 곧장 기사를 써서 보냈다. 〈오마이뉴스〉에서 선호하는 기사 분량은 A4 한 장 반이라는데, 주절주절 책 소개를 하다 보면 어느새 A4 두 장 반이 훌쩍 넘는다. 죽자 사자의 정신으로 글을 쓰면 매체에서 선호하는 분량도 가볍게 뛰어넘으니 과연 자발적인 책 홍보의 마음은 대단하구나 싶다.

〈오마이뉴스〉에 직접 쓴 기사까지 포함하여, 두 권의 책은 몇몇 언론사에서 신간 소개로 기사를 내주었다. 언론사의 영향력이 전보다는 많이 약해졌다고 하지만, 하루에도 수십 권씩 쏟아지는 책 속에서 선택해 다뤄주고, 그로써 한 명이라도 더 책을 알게 된다고 생각하면 그저 고마운 마음이다.

두 번째 책을 내고서는 한 익명 게시판의 골프 커뮤니티에 대놓고 광고 글을 쓴 적도 있다. 이곳에 글 쓰고 두 사람만 책 사준다고 하면 성공 아니겠는가 싶었는데, 실제로 두 분이 책을 주문했다는 댓글을 달아주어, 이거 참 세상이 아직은 살 만하구나, 죽자 사자 덤벼드니 책을 사주는 분들이 계시는구나 싶었다.

사실은 어디어디 지역 맘 카페에 침투해서 책을 홍보하고 싶은데 남자라고 맘 카페에선 가입조차 안 시켜준다. 나는 왜 남자로 태어났는가 싶어서 서러운 순간이었다. 죽자 사자 책을 알려야 한다던 출판사 대표님은 각종 커뮤니티에 책을 홍보해야 한다고 말씀하셨는데, 나는 커뮤니티 활동을 거의 안 해서 어디에 글을 써야 할지도 모르겠고, 다만 책을 내고 나서 마음만큼은 죽자 사자로 살아간다.

책이 나오는 순간 저자는 마케터로 변하는 것이 아닐까. 책의 목적은 누군가에게 읽히는 것. 글을 쓰고 책을 만드는 과정도 험난하지만, 책을 누군가에게 알리는 것 역시 무척이나 어렵게 느껴진다.

세상엔 숨길 수 없는 것 세 가지가 있다고 했다. 재채기와 사랑과 책을 알리고자 하는 마음. 물론 내가 방금 지어낸 말이다. 불특정 독자에게, 내 책 여기 있어요, 재미있으니까 한번 읽어주세요, 하는 마음은 좀처럼 숨길 수가 없다. 책이 널리널리 알려지면 좋겠다. 오늘도 내 마음은 여지없이 죽자 사자다.

editor S

'좋은 책은 독자가 알아준다'는 말을 믿기는 하지만, 좀 순진한 면이 있죠. 정보를 접할 수 있는 통로가 많아진 만큼 책을 알리는 작업이 점점 더 어려워지고 있습니다. 그런 의미에서 마케터 C님, K님, J님, 뒷일(?)을 잘 부탁합니다.

작가라는

부업

2019년 여름 일산의 지인 댁에서 하루를 묵고서는 다음 날 파주 출판도시에 들렀다. 출판도시 안에 있는 '지혜의 숲' 도서관에서 우연히 최승자 시인의 시집을 열어보고서는 '자서(저자가 스스로 쓴 서문)' 앞에서 한참을 머물렀다. 거기에는 자신이 직업적으로 능청을 떨기시작했다는 느낌이 든다는 글이 있었다. 나는 아직 데뷔작의 계약도 맺기 전이라 작가 지망생으로서 앞이 막막하던 시절이다. 그런 와중에 본 시인의 능청스러운글쓰기라니. 나로서는 도저히 생각지도 못할 경지였다.

두 번째 책을 준비하면서 나도 조금은 뻔뻔하게, 또능청스럽게 글을 쓰기 시작했다. 언젠가 아내가 SNS에 올라오는 내 글을 보고서는 요즘 왜 이렇게 능청스럽게 글을 쓰느냐고, 예전의 담백함은 어디 갔느냐고 나무란 적이 있을 정도다.

아, 그러한가. 내가 능청을 떨고 있던가. 글을 쓰며 중요하게 여기는 것 중 하나가 유머인바, 이번에는 아예 마음먹고 능청스럽게 글을 써보는 것도 좋겠다는 생각이 든다. 작가라는 부업에 대한 이야기다.

먼저 직업. 생계유지를 위해 반드시 갖춰야 할 이 직업이란 것은 얼마나 잡스러운가. 얼마나 잡스러우면 직업이 영어로 잡job이겠나. 수많은 잡스 중에 가장 멋진 잡은 스티브 잡스일 뿐, 그 어떤 직업도 차고 넘칠 정도의 돈만 있다면야 하기가 싫다. 아아, 일하기 싫다고.

이처럼 하나의 직업을 갖고 살기도 버거운데 사이드 잡, 부업에 대해 이야기하려니 머리가 지끈지끈 아파 요즘 들어 부쩍 빠지는 앞머리가 더욱 휑해질 것 같지만, 온전히 생계를 위한 본업과는 달리 이 부업이라는 것은 자신이 좋아하는 취미를 발판 삼아 가질 수 있다는 장점 덕에 탈모 스트레스는 덜한 편이다.

나의 부업. 본업이 아닌, 취미 삼아 즐기면서, 그러면서 가끔은 계좌에 돈도 조금씩 들어오는 일이라면 역시 글쓰기다. 베스트셀러 작가이거나 책으로부터 비롯된 강연을 하지 않는 이상 글을 써서 통장에 들어오는 돈이라 봐야, 그리 많지 않다. 안타깝게도 나는 베스트셀러 작가가 아닐뿐더러 첫 책을 내고 강연 의뢰가 한번 들어온 적이 있는데, 의뢰를 받은 며칠 후 그 강연을 기획, 후원한 무슨무슨 협회로부터 미등단 글쟁이는 강연에 초청할 수 없다는 이야기를 듣고, 나는 왜 등단하지 못하고 출간하여 이런 무시와 설움을 당해야 하나 남몰래 울음을 삼키기도 했다.

어쨌거나 지난 2019년에 첫 책을 출간하며 글쓰기로 돈을 벌기 시작했고, 데뷔작을 낸 지 1년이 지나지 않아 에세이로 차기작을 냈다. 4대 보험이 적용되는 본업과 별개로 돈이 들어오는 일이 생겼으니 이쯤이면 부업이라고 말할 수 있겠지. 나이 서른아홉에 처음으로 생긴 부업이다.

그간의 글쓰기 인생을 돌아보면, 나는 다자이 오사무도 아닌데 생이 부끄럽다. 초등학교 2학년 시절 동시를 써오라는 학교 숙제에, 집에 있는 동시집에서 아무시나 베껴 가고서는 "이거 정말 네가 쓴 거 맞니?"라는 선생님 질문에 나도 모르게 "네네"라고 대답하고야 말았다. 그러니까 타인의 작품을 이른바 '표절'함으로써 내 글쓰기 인생은 시작되었다.

아아, 다시 생각해도 역시 부끄럽고 민망한 시작이 아닐 수 없다. 이 표절 사건 이후에 나는 거짓말을 숨기기 위해 더 큰 거짓말을 해야만 했고, 결국 선생님이 보는 일기장에 "나는 커서 시인이 될 거예요"라는 망언을 일삼기 시작했다.

당시에는 뭐든 손으로 써야만 했는데 나는 가끔 내가 쓴 글씨도 못 알아보는 끔찍한 악필이다. 첫 책을 내고서 몇 번 사인을 한 적이 있는데 그때마다 글씨체가 달라져서 그냥 스티커를 제작해서 붙여드려야 하나 싶기도 했고, "작가님, 사인 받은 거 SNS에 자랑해도 되나요?"라는 독자의 질문에 그만, 책을 도로 뺏어와야 하나 싶기도 했다.

악필인 사람은 연애편지조차 편히 쓸 수 없다. 물론 학창시절 나는 연애편지는커녕 여성과 말을 섞지도 못하는 찌질한 학생이었기에, 나의 글쓰기 인생은 그쯤에서 끝났어야 했다. 분명 그래야만 했다. 하지만 문득

이들이 필체로 고민하던 그 시간에 이과생들의 노력으로 과학은 발전하고, 컴퓨터가 생기고, 랜선을 꽂아 통신망이 확대되어, 전화비 청구서의 금액은 나날이 오르고, 엄마에겐 한량 소리를 듣고, 등짝을 뚜드려 맞으며 나는 키보드와 친구가 되었다.

악필도 글을 쓸 수 있는 시대가 열린 것이다. 바야흐로 PC통신의 시대. 그렇다고 처음부터 PC통신 아이디를 만든 건 아니었다. 처음 접한 PC통신의 원 아이디 주인장은 형의 친구였는데, 형이 그 아이디에 기생을 하고, 나는 또 형이 기생하던 아이디에 기생했으니, 이쯤 되면 봉준호도 울고 갈 기생의 기생. 슈퍼 기생이라고 할 수 있겠다.

한 아이디를 세 사람이 돌려쓰니 접속이 막힐 때도 있고 쪽지 창에서는 누군지 모르는 사람이 친근함을 표시하여, 나도 몰래 관음증 환자가 되는 것 같달까, 아, 이거 쪽지 열어봐선 안 되는데, 안 되는데, 안 되는데, 하면서 또 나도 몰래 쪽지를 훔쳐보게 되었으니, 허허, 도덕심이 이렇게 땅바닥에 떨어져선 아니 되는 일이다, 이래선 곤란하다는 생각에 뒤늦게 나만의 PC통신 아이디를 만들게 되었다.

mc2kh. 당시는 래퍼를 꿈꿀 때라서 래퍼를 뜻하는 mc와 본명의 이니셜 2kh를 붙여 아이디를 만들었다. 주민등록증을 제외한 생애 첫 아이디. 성 이◆를 숫자 2로 쓰면서, 오오, 이거 완전 센스 있네라고 생각했으니, 지금 생각하면 나의 창의력이란 역시나 부끄럽고 끔찍하다. 하지만 때론 익숙함이 끔찍함을 이겨내는 법. 지금도 가장 자주 쓰는 메일계정의 주소가 mc2kh인 것은 익숙함과 게으름의 콜라보 탓이겠지. 흠흠.

어쨌거나 나만의 아이디가 생겼으니 그때부터는 밤마다 전화기 선을 컴퓨터에 꽂고 본격적으로 PC통신의 세계에 빠져들었다. 휴대전화도 없던 시절, 엄마는 왜 밤만 되면 전화가 안 되냐며 구박을 하셨고, 나는 "음, 엄마 조금만 기다려봐"라며 노트북에 박혀 있던 전화선을 뺐다 꽂았다 하는 걸 일상으로 여기며 살았다.

얼굴이 못생겨 복면 작가로 활동하는 나는 얼굴을 보지 않고도 대화를 나눌 수 있는 채팅의 매력에 빠져 하루가 다르게 타이핑 속도를 늘려나갔다. 안녕하삼, 만나서 방가방가 같은 지금 생각하면 낯짝 부끄러운 말투로 이름도 성도 모르는 이성과 대화를 나누었다. 사실, 뭐 그 상대방이 이성인지 동성인지 외계인인지 알

수 없는 일이지만, 그 시절 우리는 마치 한석규와 전도
연의 코스프레를 하며 살아왔달까.

　　PC통신의 세계란 넓디넓어서 각종 동호회도 많았
다. 처음 가입한 곳은 래퍼를 꿈꾸던 사람답게 흑인음
악 동호회. 그곳 자료실에는 평소 듣기 어렵던 외국 힙
합 mp3가 넘쳐났다. 비록 불법 공유에 음악 한 곡을 다
운받으려면 30분에서 한 시간은 족히 걸렸지만.

　　흑인음악 동호회에서 글을 자주 썼던 것은 아니고,
'안녕하삼, 만나서 방가방가' 같은 말투 대신 '에이요,
워썹 브로 앤 시스타' 같은 역시나 지금 생각하면 낯짝
부끄러운 말투로 사람들을 사귀기 시작했다. 전형적인
온라인 오타쿠의 탄생이 이루어진 순간이다.

　　그렇게 흑인음악 동호회 활동을 한참 하다가, 이어
서 가입한 동호회가 바로 유머 글 동호회. 당시는 〈엽
기적인 그녀〉 같은 글이 온라인에서 히트하여, 영화로
도 만들어진 시기다. 쟁쟁한 유머 작가들이 넘쳐나던
시대. 학창시절 어설픈 몸짓과 엉뚱한 말로 아이들을
웃겼던 나는 누군가에게 웃음을 주는 일이 얼마나 행
복한지 알고 있었다. 어머, 유머 글 동호회라니, 이것은

운명이야,라며 재빠르게 가입 후 또 사람들을 사귀기 시작했다.

고로 내가 지금 쓰는 글에서 독자들이 피식피식 웃음 터지는 순간이 있다면 그건 다 그 시절의 글쓰기 감각을 여태껏 기억하고 있기 때문이라고 보면 되겠다.

암튼 유머 동호회에서의 활동은 즐거웠다. 다른 유머 작가들의 글을 보는 것도 즐거웠고 나 또한 온갖 드립을 치며 유머 글을 썼다. 가입 후 몇 년 지나서는 동호회의 조그마한 소모임 운영자를 맡기도 하였으니, 학창시절 반장 한번 못 해본 나로서는 운영자라는 완장에 으쓱해지기도 했던 것이다.

하지만 즐거움은 그리 오래가지 못했다. 내가 운영자가 된 지 얼마 지나지 않아 PC통신과는 비교도 안 되게 크고 넓은 통신 괴물 '인터넷'이 탄생하면서, 동호회 사람들은 PC통신의 몰락을 지켜봐야만 했다. 동호회는 와해됐고, 게시판에 글을 쓰던 우리는 모두 직장을 잃은 사람처럼 어디에 글을 써야 할지 몰랐다. 나로서는 태어나 처음으로 글쓰기의 재미를 알게 해준 곳이 사라진 것.

이때의 나는 군대 신체검사를 앞두고 있었는데, 자

유로운 영혼이던 나는 군대라는 단체생활을 생각하니 몹시 견딜 수 없어 어떻게 해서든 군대가 아닌 사회에 남고 싶었고, 방위산업체에 들어가기 위해 컴퓨터 자격증을 따기로 마음먹었다.

컴퓨터 학원에 막 입성한 날, 학원 강사는 "다음_{Daum}에 들어가서 이메일을 만들어볼 겁니다. 다음에 한번 들어가보세요"라는 소릴 해서, 나는 응? 다음? 지금이 아니고 다음에?라고 생각했으니, 컴퓨터 자격증을 따겠다는 놈치고는 정말 대책 없는 녀석이었다. 다음도, 야후도 모르던 문돌이가 한동안 열심히 컴퓨터 자격증 공부에 매진하였으나 막상 입대 신체검사에서 4급 보충역 통보를 받고는 그날로 컴퓨터 학원은 때려치웠다. 학원비를 내주신 부모님에게 다시 한번 한량 소리를 들을 수 있었던 기회.

각설하고, PC통신에서 흩어진 사람들을 다시 뭉치게 해준 것은, 한국 사람을 모두 감성 인간으로 만들어준 싸이월드였다. 싸이월드라고 하면 어쩐지 한국 사람에겐 애증의 단어처럼 느껴진달까. 많은 사람의 흑역사를 배출한 싸이월드에서 나 또한 감성 인간이 되어 수많은 눈물을 온라인에 흘려보냈다. 아아, 내 글쓰기 인생은 왜 이다지도 계속하여 부끄럽고 민망한 것인가.

PC통신과 마찬가지로 영원할 것만 같던 싸이월드도 시간이 지나 이런저런 이유로 몰락했다. 감성 인간, 허세 인간 들은 조금씩 제정신을 차리고 현실 세계로 돌아왔다. 이때까지는 주로 유머 글과 음악 관련 글을 썼다. 어려서부터 래퍼를 꿈꾸기도 했고 음악을 듣고 글 쓰는 일이 즐거웠다.

한 음악 평론가가 말하길, 집에 음반이 100장이 넘어가면 음악을 본격적으로 즐길 수 있고, 1,000장이 넘어가면 전문적인 글을 쓸 수 있고, 만 장이 넘어가면 거지가 된다고 했던가. 나는 집에 음반이 1,000장이 넘어가는 그 즈음에 한 힙합 커뮤니티에서 글을 쓰기 시작했다. 나이는 먹고 어느새 20대 후반. 예나 지금이나 힙합은 젊은이들이 좋아하는 음악이다. 게시판을 보던 아이들은 어렸고, 나는 어느새 힙합 삼촌이 되어 있었다. '나 때는 말이지'라는 지금으로선 통하지 않을 것 같은 온갖 잘난 척과 꼰대 짓이 먹히던 시절이다.

그래서였을까, 그곳에 글을 쓰자 많은 추천과 댓글이 달리기 시작했다. 글을 읽어주던 젊은 청춘들은, 나

에게 더 많은 이야기를 들려달라며 응원해주었다. 돌이
켜보면 이때가 내 글쓰기 인생에 유일한 네임드 시절이
다. 그래봐야 게시판에 기생하는 일반 회원이었지만.

   이 이후로는 각종 음악 커뮤니티를 돌아다니며 글을
썼다. 알려지지 않은 신인 뮤지션을 소개하기도 하고,
명반과 졸작을 소개하기도 했다. 래퍼의 꿈은 세월의
흐름과 함께 자연스레 놓아야만 했지만, 음악 관련 일
을 계속하고 싶다는 생각을 가졌다. 그게 나에게는 글
이었던 셈이다.

   키보드는 무사의 검이 되어, 나를 전사로 만들어주
었다. 워리어. 바로 키보드 워리어어어어어. 특정 장소
에 정착하지 못하고 여러 곳의 음악 커뮤니티를 돌며
글을 쓰다 보니 어느 한곳에 정착하고 싶다는 생각이
들었다. 조금 더 전문적으로 음악 관련 글을 쓰면 어떨
까 싶을 때 흑인음악 웹진 〈리드머〉에서 필자 모집 공
고를 보았다.

   일반 회원에서 필자 자격을 갖출 수 있는 기회. 아,
필자! 일반 회원과는 비교도 안 되게 뽀다구 나는 단어
아닌가. 나는 곧바로 필자 모집에 응모하고 그렇게 흑
인음악 전문 웹진 〈리드머〉의 필진 중 한 명이 되었다.

〈리드머〉에서 글을 쓰던 시절 역시 즐거웠다. 음반 리뷰를 쓰기도 했지만, 주로 기획 기사를 작성하고 때로는 동경하던 뮤지션을 인터뷰하기도 했다.

따로 고료를 받은 건 아니어서, 부업이라고 할 만한 상황은 아니었지만 취미 삼아 즐기기엔 더없이 좋은 글쓰기 시간이었다. 독자들 역시 내 글을 즐겨주었다. 뭐 가끔은 재미없다는 이유로 악플이 달리기도 했지만, 악플은 글 쓰는 사람에겐 접착제처럼 들러붙는 존재 아닌가. 쳇.

그러니 나는 악필을 견뎌내고 키보드라는 친구를 만난 이후로는 꾸준히 글을 써온 셈이다. PC통신, 싸이월드, 음악 커뮤니티, 음악 웹진, SNS 등. 그럼에도 책을 내고 싶다는 생각은 좀처럼 하질 못하고 살았으니, 책이라면 응당 나보다 많이 배우고 똑똑한 사람들이 내는 것이라는 생각이 있었기 때문이다.

글을 쓰다 보면 사람들은 나를 과대평가한다. 오, 자네는 무언가 알고 있는 사람이군, 자네는 어쩐지 똑똑해 보이는군, 하며 높이 사주는 것이다. 하지만 나에게는 끔찍한 콤플렉스가 하나 있으니 바로 가방끈 콤플

렉스. 내 글을 읽어준 한 편집자는 나와 내가 쓰는 글을
가리켜 '젠체하지 않아도 풍기는 이미지가 뭘 좀 아는
사람의 글'이라며 과대평가를 해주었다.

사실 나는 젠체하고 싶어도 아는 게 많지 않아 젠체
할 수 없는 사람이랄까. 〈리드머〉에 글을 쓰면서 인터
뷰했던 뮤지션 선우정아는 자신의 음악 원동력으로 '열
등감'을 말하기도 했다. 나 역시 내 글쓰기의 원천은 이
열등감, 가방끈 콤플렉스라고 생각한다.

"나는 커서 시인이 될 거예요"라는 마음에 없던 거
짓말은 나이를 먹으면서, 어느새 정말 글을 써보고 싶
다는 꿈으로 변했다. 거짓말이 진짜 꿈이 되어버린 놀
라운 경험. 뭐, 소설의 본질은 구라 아니겠습니까! 수능
을 앞둔 고3 시절 나는 막연히 글을 잘 써보고 싶다는
생각이 응어리져 국문학과나 문예창작과에 지원하기로
마음먹었다.

그러나 안타깝게도 내가 악마와도 같던 PC통신을
접하게 된 것은 고3 시절. 매일 밤늦게까지 음악을 듣
고 채팅을 하던 나는 학교에 가면 책상에 이마를 붙이
고 잠만 자는 학생이었다. 유일하게 깨어 있던 시간은
점심을 먹을 때와 화장실 갈 때뿐. 한 반에 53명 정도였

는데 52등까지 찍어봤으니(53등은 아마도 직업반 학생이었겠지요) 내신이 쓰레기였던 것은 말할 것도 없는 사실.

결국 내신은 포기하고 수능에 몰빵하였지만, 내신이 안 좋은 사람이 수능 점수가 잘 나올 리가 있나. 별달리 공부하지 않았어도 어쩐지 점수가 잘 나온 언어 영역만 보면 서울대도 지원할 수준이었지만, 수리탐구와 외국어 영역의 점수는 끔찍함 그 자체였다.

아예 형편없는 수능 점수를 받았더라면 마음먹고 재수 생활을 택했을 텐데, 어설프게 언어 영역만 점수가 잘 나와, 이도 저도 아니게 되어버렸다. 에라, 모르겠다 하며 지원한 4년제 국문학과에서는 모두 탈락의 고배를 마시고, 이대로 백수가 되느니 2년제 문예창작과라도 지원해보자 하여, 나는 흔히 말하는 지잡대 문예창작과 학생이 되었다.

아무리 지잡대라지만 꿈에 그리던 문예창작과 신입생. 아, 이제 본격적인 창작인의 길로 접어드는 건가, 싶었지만 개뿔. 고교 시절 꿈꾸던 캠퍼스의 낭만 따위는 개강한 지 며칠 되지 않아 깨져버렸다. 막상 마주한 대학생활은 생각과 많이 달랐다.

일단 개강 첫날부터 문창과 선배들에게 이끌려 데모 현장에 갔는데, 어려서부터 TV에서 시위하던 대학생 형, 누나를 봐왔기에 나는 잔뜩 쫄아 있었다. 그래도 대학가 데모라니 뭔가 자주 통일, 민주주의 수호, 노동 해방, 이런 멋들어진 구호로 데모를 하는 건가 싶었지만 그날의 데모라 함은 학식 200원 올리는 것에 대한 반대 데모였다.

아니, 1,800원 하는 점심 2,000원으로 올리든 말든 나는 같이 밥 먹을 사람도 없는 아웃사이더라 굶을 생각이었는데 왜 이곳에 강제로 끌려와 마음에도 없는 "학식 가격 동결하라!" 같은 구호를 울부짖어야 하는 걸까, 밥값 200원 올리면 고기반찬 조금 더 나오겠지, 하는 생각에 심각한 고뇌의 순간이 온 것이다. 물론 젊은이들의 투쟁은 아름답지만, 강요에 의한 것이라면 아름다울 리 있겠는가.

이런 선배들의 강요 행위와 더불어 일부 교수들의 수업도 맘에 들지 않았다. 내가 대학에서 처음으로 들은 문창과 수업은 키보드 타이핑이었다. 아니, 나는 이미 고3 시절 밤새 이름 모를 여인과 채팅을 즐기며 타이핑 만렙이 되어 있는 상태인데. 지금 대학교수라는 분이 문예창작과에서 타이핑 수업을 한다는 말입니까? 무슨 헤르만 헤세의 소설이나 샤를 보들레르의 시에 대해 공부하는 것이 아니고요?

그때 교수님은 독수리 타법이 아니라 양손과 열 손가락을 자유자재로 써서 타이핑하는 것을 목표로 삼아야 한다고 했다. 그리고 행해진 일대일 시험. 학생들은 주어진 문장을 타이핑하고, 각 손가락의 사용 여부와 타이핑 속도로 평가받았다. 그간 내 식대로 타이핑을 익혀온 나는 교수가 알려준 것과는 사뭇 다른 기술을 선보였다. 지금도 이 타이핑 버릇은 여전하여 나는 특이하게도 오른손 엄지와 검지, 왼손 중지와 약지를 즐겨 쓴다. 교수는 분명 헷갈렸을 거다. 이거이거 분명 어설프고 특이한 야매 타법인데, 속도는 겁나 빠르거든. 결국 나는 독수리 타법에도 불구하고 타이핑 시험 A를 받았다.

아, 타이핑 시험 A가 다 무슨 소용이랴. 이런 건 내가 원한 수업이 아니라고. 그날부터 나는 삐뚤어졌다. 수업이 다 무슨 소용이냐며 그저 학우들과 대낮부터 술이나 퍼마시기 시작한 것이다.

학교가 얼마나 후졌는지 산속 깊숙이 처박힌 캠퍼스

근처에는 달랑 하나의 술집이 있었는데, 이름도 오묘한 '토마토 호프'. 나는 그 이름도 오묘한 토마토 호프에서 술만 처마시다가 1학기 올 F를 받고 꿈에 그리던 문예 창작과를 나와버렸다. 그리하여 나의 최종학력은 고졸. 이 최종학력이 나에겐 커다란 콤플렉스가 되어, 아무리 글솜씨를 인정받아도 책을 낼 생각 따위는 좀처럼 하질 못한 것이다.

하지만 초등학생 시절 생각 없이 내뱉은 거짓말이 현실의 꿈이 되었듯, 누군가 던진 한마디 말에도 새로운 꿈은 생겨나는 법. 30대 중반이 되어 한 음악 커뮤니티 회원들과 저녁을 먹는 자리에서 평소 내 글을 재밌게 읽어주신 분이 넌지시 건넨 한마디에 내 가슴은 일렁거렸다.

"이경 씨. 쓰는 글 재밌는데 책 한번 내보는 게 어때?"

이분의 직업은 대학교수였다. 나는 가방끈 콤플렉스가 있는 사람인데. 어어? 대학교수가 내 글을 좋아해준다니, 사실 나는 글쓰기에 대단한 재능이 있는 게 아닐까?

책. 책. 책이라고 하면 마이크로폰 책책,밖에 모르던 나에게 책이라는 꿈이 생겨버린 것. 〈리드머〉에 올리는 글을 가리켜 편집장은 평소 "네 글은 음악 에세이다"라는 말을 해주었기에 그럼, 음, 음악 에세이를 한번 출간해볼까…… 하는 꿈이 스멀스멀 생겨났다.

그 길로 원고를 쓰기 시작했다. 인터넷에 흩뿌려놓은 조각 글을 모으고 새로운 글을 써서 출판사에 투고를 시작. 결론부터 말하자면 안 됐다. 1년간 약 200여 출판사에 글을 보냈으나, 한 두어 군데에서 계약을 제시하고, 또 한 두어 군데에서 관심을 보였지만, 다들 음악 에세이라는 비대중적인 분야와 신인 저자라는 핸디캡을 넘어서지는 못했다.

아, 역시 내 주제에 무슨 책이냐 싶을 때 귀인을 만났다. 출판사에 투고하던 시기에 한 출간 작가의 출간 후기를 봤는데, 군산에서 활동하며 에세이 《소년의 레시피》를 쓴 배지영 작가. 배지영 작가 역시 출판사 투고를 통해 출간했다고 했다. 그 사실을 알게 된 나는 어찌어찌하여 배지영 작가님과 랜선 친구가 되었고 1년간 그녀와 글을 주고받았다. 배지영 작가님이 운영하는 블로그에서 둘만 볼 수 있는 비밀댓글을 달아가며, 책 이야기, 원고 이야기, 투고 이야기 등을 나누었던 것. 그리고 그때 배지영 작가님과 나눈 이야기는 내 데뷔작의 소재가 되어 이른바 메타소설이라는 멋들어진 이름으로 출간되었다.

삶은 이다지도 알 수 없게 흘러간다. 음악 에세이 출간을 꿈꾸던 끔찍한 악필, 고졸, 키보드 워리어가 배지영이라는 귀인을 만나 생각지도 못한 소설가의 길로 접어들다니. 사재기한 것도 아닌데 책은 출간 일주일 만에 2쇄를 찍었다. 인스타그램 80여 명이던 친구는 출간 후 미세하게나마 늘어나, 어쨌거나 전에는 알지 못하던 독자들까지 생겨났다.

나에게는 본업이 있다. 직책은 과장. 회사 거래처 직원에겐 '이 과장'으로 불리는 내가 글을 쓸 때만큼은 '작가님'이라는 호칭으로 불린다. 부업의 힘이다. 데뷔작 저자 소개 글에 나는 "언젠가는 글 쓰는 일을 주업으로 삼고 싶다"라고 썼다. 글을 쓰기에는 본업으로 갉아먹는 시간이 너무 많기 때문이다. 고백하자면 내가 다니는 회사의 사장님은 바로 내 아버지다. 그러니까 나는 지금 가업을 잇고 있는 중이다. 누가 보면, 저거 저거 금수저네, 오해할지도 모르겠지만 그 정도까지는 아니고 그냥 학벌 달리는 아들을 아버지가 거두어주셨

달까.

아버지 회사에 다니며 청춘들이 으레 겪는 취업 스트레스 같은 건 없었지만, 이 일에도 단점은 있다. 남들은 일하다가 스트레스 받으면 직장 상사를 욕하며 풀수 있겠으나, 그렇게 하는 순간 나는 후레자식이 된다. 사업이 잘 풀리면 아버지도 좋고 나도 좋지만, 망하면 부자가 같이 망한다는 치명적인 단점도 존재한다.

아버지와 단둘이 회사에 있으면 나는 홍길동도 아닌데, 아버지를 아버지라고 불러야 하나, 사장님이라고 불러야 하나 고민을 하며, 그렇게 십수 년을 보내왔다. 어떤 일을 하건 아버지는 나보다 전문적인 사람. 나는 아버지에게 일을 배우며 주눅이 들 수밖에 없었고, 그저 아버지가 시키는 대로 창의성은 눈곱만큼도 발휘하지 않고 일하는 일상이 이어졌다.

글쓰기는 그런 나를 구원해주었다. 책을 준비하며, 글을 쓰면서 나는 왜 글을 쓰는지에 대해 고민했다. 조지 오웰은 글쓰기의 목적으로 순전한 이기심, 미학적 열정, 역사적 충동, 정치적 목적이라는 네 가지 이유를 들었던가.

나 역시 그와 다르지 않다. 현실 도피, 인정욕구, 기록의 욕망. 그리고 정말로 내가 원하는 것—빈 공간으로 가득한 백지가 주는 공포를 이겨내고 묵묵히 까만색 글자들을 채워나가는 일. 다람쥐 쳇바퀴 돌듯 판에 박힌 일상이 아닌 내 머릿속 창의력을 발휘하는 일.

가방끈 짧은 문학청년이 나이를 먹고서, 아, 글이라는 거 사실은 배우지 않아도 쓸 수 있는 그런 게 아닐까 하는 생각으로 글을 쓰고 책을 내기 시작했다. 그리고 무엇보다 내 글을 읽어주는 누군가가 재미든 감동이든 무엇인가를 느껴 마음에 어떠한 변화가 일어나는 것을 지켜보는 일이 즐겁다. 본업에서는 결코 느낄 수 없는 커다란 환희의 순간이다.

아버지와 같은 회사에 다닌다는 것은, 어쩌면 '평생 직장'이 보장된 일인지도 모르겠다. 하지만 나는 출간한 책이 수십만 부가 팔린다면 아버지에게 사죄를 표하고 전업 작가의 길을 걷고 싶다. 그 전까지는 이 본업을 놓을 수 없다. 작가 나부랭이에게 4대 보험은 중요하니까. 특히나 결혼하여 아이를 둘이나 키우는 가장에게는 더더욱 그러하니까.

나도 부업을 본업으로 만들고 싶다. 부업을 본업으

로 만든 사람들이 부럽다. 요즘 들어 자꾸만 빠지는 머리카락을 붙들고 있으면, 이놈의 일 때려치우고 내가 좋아하는 글만 써서 생활할 수 있다면 얼마나 좋을까 싶다. 출간을 하였어도 글쓰기에 대한 꿈과 갈망이 점점 커져만 가는 것은, 비록 부끄럽지만 그걸 넘어설 만큼 좋아한다는 뜻이겠지.

만화 《슬램덩크》에서 강백호가 소연에게 "(농구) 정말 좋아합니다"라고 말했듯이 이제 나는 당당하게 말할 수 있다. 글쓰기, 좋아합니다. 아주 많이, 좋아합니다. 그리하여 저에게는 이 일이 부업이 되었습니다. 아무튼, 작가 뭐 비슷한 그런 일을 하게 되었습니다.

editor S

'나의 글쓰기 연대기'라는 제목을 붙여도 어울릴 법한 글이네요. 좋아하는 일을 하며 먹고살면 정말 즐거울지 어떨지 모르겠지만, 아무튼 이 연대기의 끝이 해피엔딩이기를, 글쓰는 모든 이가 품고 있는 이야기 씨앗을 꽃피울 수 있기를 바라봅니다.

꿈,

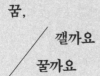

깰까요
꿀까요

책을 두 권 내고, 세 번째 책을 준비하는 지금까지도, 또 앞으로도 글쓴이는 결코 알 수 없는 세계가 있습니다. 그런 세계가 궁금할 때는 역시 책을 통해 간접 경험을 얻곤 합니다.

요 며칠 한 출판사 대표가 쓴 출판 관련 책을 읽었어요. 출판사의 출간 목록은 그 자체로 회사의 색깔과 방향을 나타내므로 출간 결정을 내리는 회의가 그 무엇보다 중요하다고 하더군요.

투고했던 제 원고도 분명 그런 출판사 회의를 거쳤겠죠. 물론 요즘에는 혼자서 모든 걸 결정하는 1인출판사도 많고, 또 많은 것을 홀로 결정하는 편집자도 있겠지만요. 제가 모르는 세계를 상상할 때면 수많은 압박과 험지를 떠올리게 됩니다. 회의 시간에 어떠한 말이 오갔을지를 그려봅니다. 누군가는 출간을 찬성했을 테고, 또 누군가는 반대했을지도 모릅니다. 출판사 회의실에 몰래카메라나, 도청장치라도 두고서 엿보고 엿듣고 싶다는 생각도 듭니다. 궁금하지만 글쓴이에겐 전달되지 않는, 알 수 없는 세계입니다. 저라면 발가벗겨지는 기분에 견뎌내기 어려웠을지도 모를 그 시간을 원고는 혼자서 잘도 버텨냈구나 싶어 원고에 대한 자부심도 생겨납니다. 언제나 그렇듯 글은 글쓴이보다 나은 법이에요.

한 해 출간되는 책이 6~8만 종 정도라고 합니다. 책을 읽는 사람은 갈수록 줄어든다는데, 책을 내려는 사람은 늘어난 기형적인 구조가 되어버린 지 오래라고요. 이렇다 보니 책을 내는 게 뭐 그리 대수로운 일인가, 나 말고도 책을 내는 사람이 1년에 몇만이나 될 텐데 하는 생각도 듭니다. 이거, 제가 초심을 잃은 거겠죠?

그럴 때면 글쓴이가 알지 못하는 세계를 다시 떠올려요. 한 출판사의 신간 목록에 내 글이 더해지는 것은 어쩌면 기적 같은 일이 아닐까 하고 생각을 고쳐먹습니다.

출간이 기적이라고 여기는 데에는 편집자가 가지고 사는 숫자에도 기반합니다. 출판사 편집자가 한 해 만들 수 있는 책은 대략 여섯 권, 두 달에 한 권 정도라는데요. 한 사람이 만들 수 있는 책이 1년에 겨우 여섯에 불과한데, 그중 하나가 내가 쓴 글이라면. 특히나 그 편집자가 국내서뿐만 아니라 외서까지 다루는 사람이라면. 누군가의 인생에서 두 달을 할애하게끔 하는 글을 쓰는 것. 이런 숫자와 상황을 생각할 때 내 글이 책으로 만들어지는 것은 확실히 기적에 가까운 일이에요.

혹시, 글이 책으로 변하는 여정을 떠올려본 적 있나요. 책에 담긴 대부분의 글은 글쓴이의 몫이지만, 책을 만드는 사람은 편집자이고, 책을 알리는 사람은 마케터입니다. 독자들은 책 속의 글을 만나기 전에 책의 표지와 제목을 먼저 만납니다. 그 역시 디자이너와 편집자의 작품일 가능성이 큽니다. 여러 사람의 도움으로 한 편의 원고는 제작에 들어갑니다. 책에 쓰이는 종이를 다루는 지업사와, 책을 찍고 만드는 인쇄소와 제책사를 거쳐 책이 나오면 물류창고를 지나 온오프라인 서점에 놓입니다. 그리고는 서점 직원이나 택배 기사님 등을 통해 독자는 책을 만납니다. 이 외에도 한 편의 원고가 하나의 책으로 만들어져 독자에게 가닿는 과정에는 무수히 많은 사람들의 노고가 있을 거예요. 글쓴이는 온전히 알 수 없는 세계입니다. 그래서 가끔은 책의 저자명에 이름을 올리는 일이 과분하게 느껴지기도 합니다. 책의 스포트라이트가 너무 저자에게만 향하는 건 아닐까 하는 마음이에요. 출간 경험이 없었더라면 해보지 못했을 생각입니다. 이런 과정을 생각하면, 출간은 정말 기적 아닌가요.

처음 출간을 목표로 글을 썼던 시간을 떠올려봅니다. 수많은 출판사에 투고하고 상처받던 시간을 떠올리면 자연스레 '꿈'이라는 단어가 연상됩니다. 책을 준비하며 유독 '꿈'이라는 단어에 많이 매달렸던 거 같아요. '꿈'만큼 뜻이 달리 해석되는 단어가 있을까요. 어떤 이는 꿈을 꾸라고 응원해주고, 어떤 이는 꿈에서 깨라고 충고합니다. 그러니 사람이라면 누구나 이 꿈 때문에 많이 웃고 우는 거겠죠.

대체로 바라는 것 없이 살던 제가 지난 몇 년간은 알지 못하는 세계를 상상하며 출간이라는 꿈속에서 살았습니다. 어쩌면 이뤄질지도 모를 꿈과 허황된 꿈 사이에서 한참을 갈팡질팡했던 기분이에요. 가능하거나, 불가능한 꿈. 그 사이에서 오랜 시간 방황하던 저는 출간이라는 꿈을 이루었습니다.

누군가는 여전히 간절히 바라고 있을지도 모를 꿈을 이루고 나면 어떤 일이 펼쳐질까요. 놀랍게도 그다지 달라지는 것은 없습니다. 출간은 기적과도 같지만, 그 기적 끝에는 예의 평범한 일상이 이어집니다. 통장 잔고가 확 불어나는 일은 일어나지 않고, 그저 저를 '작가'라고 불러주는 이들이 조금 생기는 것. 그리고 서점에서 제가 쓴 책을 만날 수 있다는 것. 그 외엔 거의 모든 게 그대로입니다. 처음 책을 내고는 서울 사대문 안에 있는 주요 서점에 들러 책이 놓인 매대 사진을 찍기도 했지만, 그 감동도 시간이 지나면서는 점차 희미해집니다.

저에겐 글을 쓰며 경계해온 몇 가지가 있습니다. 자의식 과잉, 자만심, 지나친 우울, 망상과 허튼 기대. 글을 쓰다 이런 것들이 스멀스멀 피어오르면 정신을 차리고 싹둑싹둑 싹을 잘라냅니다. 뿌리까지 뽑아버릴 수 있다면 좋을 텐데요.

때로는 다른 글쓴이의 모습을 보며 반면교사 삼기도 합니다. 책을 내면 세상이 크게 변할 것이라고 여기는 사람도 있고, 또 누군가는 개인의 명함 삼아 출간을 하기도 하는 듯합니다. 또 누군가는 책을 내기 전 100만 부 판매를 호언장담하기도 한다고요.

제겐 이 모든 게 망상이자 허튼 기대라고 여겨집니다. 잘라내야 할 싹이에요. 책을 낸다는 건 어쩌면 들인 노력이나 시간에 비해 돌아오는 것은 터무니없이 적은 수지 안 맞는 일인지도 모르겠습니다.

그런데도 꾸준히 글을 쓰고자 하는 마음은 어째서 드는 걸까요. 인생에 뭐 그렇게 크게 도움이 된다고. 저는 왜 자꾸 글을 쓰고 책을 내려는 걸까요. 왜. 자꾸만. 자꾸만⋯⋯.

어느 해부터 말수가 부쩍 줄었습니다. 하루에 말하는 양보다 글로 표현하는 양이 더 많기도 합니다. 아니, 대부분의 날을 그렇게 살고 있는 거 같아요. 혹자는

SNS에서 수다쟁이처럼 떠드는 저를 보고 평소에도 활발하고 말이 많을 거라고 생각하기도 하는데요. 사실 그렇지 않은데, 저는 정말 과묵한 사람인데 말이지요.

수다스럽게 글을 쓰는 나와 평소 과묵한 나. 둘 중 어느 게 저의 모습일까를 생각해보았습니다. 그 둘 다 나라고 말할 수밖에 없겠죠. 다만 글을 쓰는 시간에 저는 저를 객관적으로 돌아보고, 생각을 정리할 수 있습니다. 말이란 뱉어버리면 허공에 흩어지고 말기에, 생각이 정리된 글의 모습이 조금은 더 저에 가깝지 않을까 하는 생각이에요.

어느 야구인은 야구 시즌이 끝나는 날이 1년 중 가장 슬픈 날이라고 했습니다. 첫 책을 내기 전 저는 누군가의 가장 기쁜 날을 상상했습니다. 누군가 책을 냈다면, 그날이 그에게 가장 기쁜 날이 아닐까 하는 생각. 글을 쓰고 책을 낸다고 해서 드라마틱하게 인생이 변하지는 않지만, 자신의 이름이 박힌 책을 만나는 것은 분명 기분 좋은 일입니다. 비록 당장 눈에 띄는 변화는 없다 하여도 그렇습니다.

글이란 언제나 그렇듯 글쓴이보다 나은 법. 이 생각은 여전합니다. 아마 앞으로도 그럴 거예요. 다만, 글을 쓰며 조금은 더 내가 쓴 글만큼 괜찮은 사람이 되었으면 하는 바람이에요. 글은 사람을 변화시킵니다. 글을 쓰는 사람은 누구라도 공감할 거예요. 글을 쓰고 책을 쓴다고 '공인'이 되는 것은 아니지만, 평소의 말과 행동이 이전과는 달리 신중해진달까요. 책을 내고서 제가 간혹 말실수라도 하면 주변에서는 그런 말도 합니다. "너는 작가라는 사람이 무슨 그런 말을……." 이게 되게 피곤할 것 같으면서도 한편으로는 기분이 썩 괜찮은 일이에요. 글을 쓰면서 저는 조금씩 괜찮은 사람이 되어감을 느낍니다.

그러니 꼭 책이 아니더라도 많은 이들이 글을 쓰면서 지내면 좋겠습니다. 처음엔 막막하고, 어려운 일이겠지만. 글쓰기는 내가 모르던 진짜 나를, 조금은 더 괜찮은 나를 만날 수 있는 일이 분명하거든요.

그렇게 누군가 글을 쓰다가 책을 내고 싶다는 꿈이 불쑥 생긴다면, 저는 응원하고 싶습니다. 분명히 잘될 것이라는 장담은 할 수 없고, 또 글쓴이는 결코 알 수 없는 세계에서 원고는 고단하고 쉽지 않은 시간을 보내겠지만요.

꿈은 허황되면서도 어쩌면 이룰 수 있을지도 모르는

것. 이 책을 읽는 독자 누군가가 "저도 글을 써보고 싶
고, 책도 내보고 싶은데 괜찮을까요?" 하는 질문을 던
진다면 저는 아마 이렇게 대답하지 않을까요.

　"그럼요. 저도 했는걸요. 난생처음 내 책을 만나는
일. 이건 정말 괜찮은 일이에요!"

(투고 메일) 이렇게 투고했습니다

티라미수 더북 출판사 담당자님, 안녕하세요.
저는 이경이라는 필명으로 글을 쓰는 이경화라고 합니다.
귀사에 글쓰기 관련 에세이 원고를 투고하오니 검토 부탁드
립니다.

최근 티라미수 더북에서 출간한 황보름 작가님의 《난생처음
킥복싱》이라는 책을 읽고서 이런저런 호감으로 투고를 하게
되었습니다. 책 마지막에 실린 editor's letter를 보는 것도 즐거
웠고요.

보내드리는 원고는 총 4부로 이루어졌는데요. 원고 검토 시
부마다 한 꼭지씩만이라도 읽어주시면 감사하겠지만, 바쁘시
다면 4부만 읽어주셔도 좋겠습니다. 4부는 의도적으로 재미
를 노리고 쓴 글이라서요. 원고 채택 여부와 상관없이 검토자
분에게 조금이라도 글이 재밌게 읽힐 수 있다면 좋겠네요.

바쁘신 시간에 검토해주셔서, 읽어주셔서 감사합니다.
즐거운 하루 보내시고요.

이경화 드림

덧붙임 2

 원고를 이렇게 설명했습니다

출간 기획서

제목   구원의 천사를 찾아서 (가제)

장르   에세이 (글쓰기, 작가, 출간 관련)

연락처   010-1234-5678 (이경화, mc2kh@naver.com)

책의 테마   작가 지망생이 첫 책을 내기까지의 과정과 글쓰기를 둘러싼 이야기를 풀었습니다. 글을 쓰며 일어났던 에피소드와 감정을 적었습니다.

기획의도   책과 글쓰기를 좋아하는 분들, 특히 작가를 꿈꾸는 지망생들에게 출간 과정과 그 사이의 이야기들을 들려주고 싶었습니다.

목차 소개   총 4부로 나누었습니다. 1부는 첫 책을 출간하던 과정을 그렸습니다. 2부는 글을 쓰면서 주변에서 일어났던 일들에 대해 다뤘습니다. 3부는 글 쓰는 사람의 기쁨과 슬픔에 대해 썼습니다. 4부는 글쓰기라는 부업에 대해 썼습니다.

대상 독자 　글쓰기, 책 쓰기에 관심 있는 분들이 1차 대상 독자입니다. 편집자를 포함하여 출판인들이 보았을 때도 흥미롭게 읽혔으면 하는 바람입니다. 꼭 작가 지망생이 아니더라도 글쓰기를 좋아하는 분들이라면, 재밌게 읽을 수 있다고 생각합니다.

글쓴이 소개 　1981년생. 남성. 직장인. 아이 둘 아빠. 한동안 작가 지망생으로 지내다가 출판사 투고로 소설과 에세이(출간 예정)를 출간하였습니다. 필명은, 이경입니다.

출간 도서 　소설《작가님? 작가님!》/ 2019년 11월 출간
에세이《힘 빼고 스윙스윙 랄랄라》/ 2020년 7월 출간(예정)

원고 분량 　약 9만 자 / 원고지 약 500매

읽어주셔서, 검토해주셔서 고맙습니다.

editor's letter

작가가 어떤 마음으로 글을 쓰고 편집자에게 원고를 맡기는지,
그 마음의 굽이굽이를 되짚어봤습니다.
모르는 사이 바래버린 편집자의 초심도 되돌아봤고요.
쓰고자 하는 사람이 지지치 않고 부디 계속해서 쓰기를,
만드는 사람도 지지 않고 계속 그 길을 걸어갈 수 있기를 바라봅니다.
그리하여 두 사람이 서로 기대가며 한 권의 책을 완성해나가는 모습을 그려봅니다.